香港兒童文學名家精選 **嚴吳嬋霞**

誰是麻煩鬼

U0099784

新雅文化事業有限公司
www.sunya.com.hk

香港兒童文學名家精選

誰是麻煩鬼

作　　者：嚴吳嬋霞
插　　畫：楊志強
策劃編輯：甄艷慈
責任編輯：潘宏飛
美術設計：李成宇
出　　版：新雅文化事業有限公司
　　　　　香港英皇道499號北角工業大廈18樓
　　　　　電話：(852) 2138 7998
　　　　　傳真：(852) 2597 4003
　　　　　網址：http://www.sunya.com.hk
　　　　　電郵：marketing@sunya.com.hk
發　　行：香港聯合書刊物流有限公司
　　　　　香港新界大埔汀麗路36號中華商務印刷大廈3字樓
　　　　　電話：(852) 2150 2100　傳真：(852) 2407 3062
　　　　　電郵：info@suplogistics.com.hk
印　　刷：中華商務彩色印刷有限公司
　　　　　香港新界大埔汀麗路36號
版　　次：二○一二年七月初版
　　　　　10 9 8 7 6 5 4 3 / 2017

ISBN: 978-962-08-5653-2

目錄

出版緣起

　　冰心説：「必須要有一顆熱愛兒童的心，慈母的心。」兒童是社會的未來，每一位成年人，都有責任關心兒童的健康成長。而優秀的兒童文學作品，正是兒童健康成長不可缺少的精神食糧。它們蘊含着真、善、美，能真切地反映兒童的心聲，能帶給兒童歡樂和有益的啟示，能鼓勵兒童積極向上，奮發進取。

　　回顧香港兒童文學的發展，由 20 世紀 30 年代香港兒童文學的開始萌芽，到 21 世紀的今天，有許多兒童文學作家一直在為香港兒童文學的繁榮辛勤地耕耘着。他們當中，既有從內地南來的作家，也有土生土長的作家；當中有不少文壇長青樹，也有很多新晉的年輕作家。這些作家為香港兒童創作了一批又一批的優秀作品，為香港兒童文學創作的發展作出巨大貢獻。

　　本公司一向致力於為兒童提供優質讀物，藉踏入 50 周年新里程之際，我們希望更廣泛地推出各種有益兒童身心的圖書，尤其是本土兒童文學作品，因此策劃出版《香港兒童文學名家精選》叢書。

　　本叢書是由各位作家在其已出版的著作中，精選出曾獲過獎，或是能代表其創作風格的作品結集成書。體裁包括童話、童詩、生活故事、兒童小説、科幻故事、幻想小説、散文等。作品展示了上世紀 50 年代至本世紀初香港少年兒童的精神面貌和社會風情，曾在讀者中產生過重大影響，並經得起時間的洗禮。

何紫先生曾説過：「倘若我們不從小培養小孩子閱讀的興趣，他們又怎能建立鞏固的語文基礎？」其實，我們不僅關注培養小孩子的閱讀興趣，提高他們的語文能力，我們更希望藉由優秀的兒童圖書，把愛心、善良、孝順、正直、勤奮、樂觀、堅強、關懷、謙虛、公義等種子植播於孩子的心田。叢書裏的作品既文字優美，更是充滿着真善美的人文關懷。

是次出版，我們挑選了在香港兒童文學創作上卓有成就的作家。我們希望由此而為當代少年兒童提供優質的讀物，也為香港兒童文學創作的研究留下具時代意義的印記，更由此表達本公司對兒童文學作家的由衷敬意。

本叢書能得以順利出版，全賴各位作家的鼎力支持。此外，特別感謝阿濃先生為本叢書撰寫總序，感謝謝錫金教授和羅淑君女士撰文推薦。

為了令讀者對各位作家有更多的認識，叢書還特地設有「作家訪談」，讀者可以由此了解各位作家如何走上文學創作之路、他們對兒童文學的見解等。

叢書後設有每位作家「主要的兒童文學原創作品」資料和獲獎資料，旨在為香港兒童文學的原創生態留下史料，並為讀者提供廣泛閱讀的書目。

叢書總序

在孩子心裏埋下愛、美、善的種子

阿濃

兒童文學是文學中最難搞的一門。

所有優秀文學作品要具備的條件，兒童文學都要具備。

但兒童文學的用字用詞有限制，宜淺不宜深。兒童文學的造句有講究，宜短不宜長。兒童文學的表達有要求，宜明白曉暢，不宜過分含蓄艱深。對許多作家來說，就是淺不起來，短不起來，明白不起來。他們做不到，不想做，甚至不屑做。

兒童文學的內容要純淨，像高山絕頂的雪，容不得絲毫污染。因為它是給我們純潔天真的小寶貝的精神食糧，其品質要求更甚於物質食糧的奶粉。但純淨不等於淡而無味，它芬芳，有大自然的氣息；它甜美，如地上樹上藤蔓上的果實；它富於營養，又容易吸收。這就對兒童文學作家個人的品質有了要求，兒童文學作家能標籤為organic，他的作品才屬於 organic。

許多做父母的都知道餵孩子吃東西是一件苦差，想孩子接受我們為他們而寫的作品，同樣是強迫不來的。兒童文學作家要有十八般武藝，施展渾身解數，令他們笑，使他們覺得有趣，利用他們的好奇，刺激他們思考，引發他們感動，其實是很吃力的。

要成為一個成功的兒童文學作家，他首先要懂孩子的心，那

就需要他自己有一顆童心。他同樣愛吃、愛玩、愛笑、愛哭、愛熱鬧、好奇、愛問為什麼。他同樣愛幻想，不受拘束、仁慈慷慨、視眾生平等。一顆赤子之心，試問在這烏煙瘴氣的世界裏多少人還能擁有？

優秀的兒童文學作家是如此難得，但社會（包括文學界、出版界）對他們又有多重視呢？寫書給孩子看被視為「小兒科」，大家對小兒科醫生十分尊重，對成人文學作家與兒童文學作家之比卻視為大學教授與幼稚園教師之比，使不少兒童文學作家不想擁有這個名號。同樣反映在版稅方面，兒童書的版稅普遍低於成人書，這也使兒童文學作家氣餒。

幸運地，香港還是出現了一批可愛可敬的兒童文學作家，多年來他們創作了豐盛的兒童文學作品。出版了大量的書籍，也被選作課文。在成千上萬的孩子心中，埋下了愛、美、善、關懷、正直、公義、勤奮……的種子，使我們的下一代有普遍的好品質好表現。這是兒童文學作家們最堪告慰的。

作為香港兒童讀物出版重鎮的新雅文化事業有限公司，1991年不惜工本，編印了《香港兒童文學作家系列》，邀請最出色的兒童書插畫家繪圖，硬皮精印，成為香港兒童文學的里程碑。21年後，新雅再次出版一套《香港兒童文學名家精選》叢書，為當代少年兒童提供最好的精神食糧，為研究香港兒童文學留下有價值的資料，同時向香港的兒童文學家們致敬，可謂意義重大。

祝願香港出現更多出色的兒童文學作家，祝願他們的地位獲得提升，祝願他們寫出更多更精彩的作品。

推薦序一

優秀的兒童文學作品歷久不衰

要想兒童喜歡閱讀，必須要有大量有趣的，能引起他們的閱讀意慾的優質讀物。我很高興地看到，雖然有人說香港是文化沙漠，但仍有不少兒童文學作家在勤奮地為兒童寫作，各家兒童圖書出版公司每年也為兒童提供大批印製精美的讀物。

今年香港書展，香港規模最大、歷史最悠久的兒童圖書出版社——新雅文化事業有公司，推出《香港兒童文學名家精選》叢書，精選一批對本港兒童文學卓有建樹的著名作家的作品，為香港兒童提供最好的精神食糧。

十位作家包括：黃慶雲、何紫、阿濃、劉惠瓊、嚴吳嬋霞、何巧嬋、東瑞、宋詒瑞、馬翠蘿和周蜜蜜。十位作家的作品，展示了上世紀五十年代至本世紀初香港少年兒童的精神面貌和社會風情，從不同層面刻劃了香港兒童的成長足跡，以及他們成長中所遇到的困擾。

和現在相比，上世紀的兒童生活和現今的兒童生活有着很大的差別，他們的生活遠比現在的兒童困苦。但是兒童的心性是相通的，他們的歡樂和煩惱，無一不是當今香港兒童所常遇到的；而他

們面對挫折而表現出的勇氣和智慧，又給當今的少年兒童提供了有益的啟示和學習榜樣。

優秀的兒童文學作品影響力歷久不衰，本叢書正好印證了這一點。

我誠意向各位關心兒童健康成長的家長和教師推薦這套有益兒童身心的優質圖書，也藉此向各位辛勤耕耘的兒童文學作家表示敬意。

謝錫金
香港大學教育學院教授
香港大學中文教育研究中心總監
全球學生閱讀能力進展研究計劃
(PIRLS)- 國際（香港）委員

推薦序二

向陪伴兒童成長的文學作家致敬

　　收到新雅的邀請，為這套《香港兒童文學名家精選》寫推薦序，實在有點兒受寵若驚。為的是叢書內網羅了香港差不多半世紀內鼎鼎大名、優秀的兒童文學作家。其中黃慶雲（雲姐姐、雲姨）更在1938年曾到本會位於香港大學馬鑑教授的西營盤宿舍樓下的會所為街童講故事，她是推動本港兒童閱讀的先行者。

　　《香港兒童文學名家精選》內的作家都是香港兒童文學上的中流砥柱，他們的著作吸引了無數的讀者，深受新一代歡迎。在本港推動閱讀文化的各項活動中，鮮有不包括他們的作品。

　　雲姨是全球知名的兒童文學家；周蜜蜜是雲姨的女兒，以香港兒童成長為題，對兒童成長經歷的過程有細膩深刻的認識；何紫先生將不同年代的童年呈現，伴隨香港的成長，閱讀他的童話就像閱讀香港不同年代的社會發展；東瑞的故事，天馬行空、科幻、出人意表的情節啟迪兒童對未來的好奇，跨越常規的突破和創意；馬翠蘿對人際關係的敏銳描述，是小學生最喜愛的作家；阿濃讓跨代爺孫親切之情、愛護環境等浮現於故事情節中；何巧嬋校長以童話手法寫香港孩子的生活，希望小讀者能跳出眼前的局限；劉惠瓊姐姐

透過動物故事，將兒童成長責任中的困惑、與朋友的交往娓娓道來；嚴吳嬋霞女士的作品描述了兒童的純真。

優良的圖書和故事作品，會令培育兒童愛上閱讀變得輕而易舉。

如果說多運動能令兒童體格強壯，多閱讀則令兒童心智豐盛。小學階段，兒童從 6 歲開始到 12 歲的期間，是發展閱讀最重要的階段。兒童成長中，9 歲以前，是要學會掌握閱讀的能力；9 歲以後，他們透過閱讀去學習日新月異的知識，透過文字故事以豐富人生成長的經歷。好的故事、引人的情節、雋逸的文筆不單能為新一代開啟知識之門，讓思想騰飛，還能接觸社會內不同的價值取向、人際交往關係之錯綜複雜面。

《香港兒童文學名家精選》包含的故事仍是我們推動兒童閱讀的工作者經常採用的。它不單將本港兒童文學作出一個較為整全的匯聚，同時亦為父母提供了一個安心的選擇，羅列了多元化、鼓勵兒童閱讀的好作品。

謹此向一羣努力耕耘、陪伴兒童成長的文學家前輩和翹楚致敬……

羅淑君
香港小童群益會總幹事

作者自序

我和冰心的故事

嚴吳嬋霞

「可愛的，除了宇宙，最可愛的只有孩子。」——冰心。

在小學三年級時，我第一次讀到冰心的作品是一首小詩：《紙船，寄母親》。

「我從不妄棄一張紙，總是留着留着，摺成一隻很小很小的船兒……」

沒想到，這隻小小的船兒，載着我，駛進了兒童文學浩瀚遼闊的大海，讓我開放心靈，自由想像，在為兒童寫作中找到快樂、希望和人生的意義。冰心的《寄小讀者》哺育了我對兒童文學此志不渝的信心與堅持。

師範學院畢業後，我教了幾年書，天天與學生打成一片，好不快樂。但那顆埋藏在心底裏的兒童文學種子，老是不安分地蠢蠢欲動，終於破土而出，驅使我遠赴英倫，修讀兒童文學。這期間，在良師的指導下，我研讀了大量歐美優秀的兒童文學作品，為我以後寫作、編輯、出版兒童讀物奠下堅實的基礎。

1992 年，《會哭的鱷魚》獲得冰心兒童圖書獎。我當時在美

國修讀蒙特梭利幼兒教育，一時無法親到北京領獎。當消息透過電話傳來時，我先是一陣錯愕，繼而萬分欣喜。這是我自童年至今的偶像給我的最好獎勵啊！我是香港第一位獲此殊榮的作家，這歷史的第一次，鞭策我要為小讀者創作更好的作品，我認為以兒童文學服務兒童是作家最神聖的任務。

此後的幾年，都是在無心插柳的情況下獲得多次冰心兒童圖書獎。在一次北京的頒獎典禮上，我有幸與冰心的小女兒吳青認識，彼此交談甚歡，合照留念，有如姐妹般親切，算是間接地親炙了冰心老師吧。

2006 年我在美國波士頓的哈佛大學進修博物館學，這次是因着另一個願望，我要在香港為孩子催生一座兒童博物館，我必須首先為自己裝備好知識與技能，我深信機會一定會留給有準備的人。我走在哈佛校園中，年輕的莘莘學子在我身旁穿梭着，思緒把我帶到八十多年前的 1923 年。當時年輕的冰心在威爾斯利女子大學當研究生，我曾經參觀她的母校，在風景秀麗的慰冰湖畔徜徉。美國歷史名城留下冰心的身影和足跡，年輕的她，心中有愛，有夢，在病中不忘祖國兒童，為他們寫下了 29 篇《寄小讀者》，成為中國近代兒童文學史上不朽的作品，影響了好幾代讀者。

今年 6 月，我到訪山東煙台 —— 冰心的「靈魂故鄉」。冰心從 3 歲到 11 歲住在煙台，在煙台度過了她金色的童年，她也因此有了「大海的女兒」的稱謂。煙台為這位好女兒建立了冰心紀念館。我獨自在闃無一人的館內參觀，重溫了與 20 世紀同齡的冰心老人

的一生，在百載人生路上，冰心手中的筆從來沒有忘記小讀者。離開前，我請一位路過的年輕老師給我在門外與冰心銅像合照。銅像栩栩如生，我情不自禁地摟着我敬愛的偶像，像「小粉絲」一樣，滿心愉悦地對着鏡頭笑，我終於圓了親炙偉大兒童文學作家的夢了。

　　時光流逝，我雖青春不再，但我從 9 歲立志獻身教育事業的理想依然未改。感謝我的學生，感謝我的小讀者，你們給予我的回報遠遠超過我對你們的付出。真的，「除了宇宙，最可愛的只有孩子。」

　　最可愛的小讀者們，祝福你們健康快樂成長。

2012 年 6 月 18 日凌晨

終生喜歡和兒童打交道的
兒童文學作家

——嚴吳嬋霞

終生喜歡和兒童打交道的兒童文學作家

—— 嚴吳嬋霞

仍是那麼富感染力的朗朗笑聲，仍是那麼響亮悅耳的聲音。早已退休的嚴吳嬋霞女士——嚴太，一身富有活力的輕便打扮——印有圖案的紅色短袖 T 恤，米黃色的貼身西褲，披肩長髮，充滿着青春活力。這也許是終生喜歡和兒童打交道的嚴太童心永保的秘訣所在？

兒童文學的創作始於 1970 年代的保釣運動

不說不知道，嚴太創作兒童文學竟然和保衛釣魚台事件有關，那是 20 世紀 70 年代的事了。

「1970 年，在美國留學生與華人社羣中爆發了聲勢浩大的保衛釣魚台運動。運動過後，當時在美國的留學生，主要是台灣留學生，覺得要愛國，要為中國兒童做點事，於是發起出版了一本兒童雜誌——《兒童月刊》。這本雜誌的讀者對象主要是台灣貧窮地區的兒童。我義務參與籌款工作，並開始為兒童寫故事。

「我一向對兒童文學有興趣，上世紀 60 年代在香港大學進修圖書館學時我已關注兒童文學，後來到美國遊學，適逢此時機便參與兒童文學的寫作了。」

故事常取材於日常生活中感動自己的東西

　　嚴太自言自己是一個處處留意觀察生活的人，這種習慣令她的寫作十分生活化，她的作品常取材於日常生活中感動她的東西，有時候因受到一些書籍的感動而觸發自己的創作靈感，有時則是因生活中發生的一些事情而觸動。

　　「例如，寫《奇異的種子》，是有感於有的家庭缺

陳伯吹先生的鼓勵，對嚴太創作影響很大。

乏和諧關係，因而萌發愛的種子。那時候，我在美國真的自己種番茄，我自己細心地觀察着種子怎樣發芽成長，慢慢由此而孕育出這個故事。故事出版後很受歡迎，被改編為話劇，現在成為『長者講故事』最受歡迎的故事之一。

　　「《大雨嘩啦啦》，是和兒子洗澡時發生的故事。最難忘是寫《姓鄧的樹》。那時候，我經歷了八年的遊子生涯後回到香港，發現香港有了巨大的變化。有一次我到元朗錦田，見到一棵大樹緊緊地擁抱着一間頹垣斷壁的的小屋，我呆住了，內心的震撼十分大，

19

由此我想到了許多許多，後來便執筆寫下此童話。這童話獲得兒童文學巨匠陳伯吹先生創設的『上海兒童文學園丁獎』的『優秀作品獎』，這是香港人第一次獲此殊榮呢！

「《瘦日子變肥日子》寫於1980年代，那時候香港經濟不景，很多人失業，這個故事就是描寫了當時一位爸爸失業之後，一家人怎樣互相幫助度過難關。很多讀者都說這個書名很有趣。其實兒童文學的創作，除了故事內容要有趣之外，故事名十分重要，要有趣而又能畫龍點睛。有時候，我為了想一個好書名而花費很多時間。」

嚴太娓娓道出了這些感人作品背後的故事。

下筆之前我會花很多時間去構思

嚴太曾任教師，對兒童有着近距離的接觸，自己又是兩個孩子的母親，她本身又修讀兒童心理學和圖書館學，因此對於寫作之時怎樣捕捉兒童心理一點也不覺得是難事。不過，她認為專業知識只是幫她從理論的層面上去認識兒童心理，更重要的是把理論和實踐相結合，這樣寫作起來才得心應手。

「我創作時很少遇到瓶頸的問題。下筆之前我會花很多時間去構思，把情節想透徹才下筆。文學雖然是虛構的，但其實很大程度上也要建築於現實生活之上。即使是童話創作，可信度仍然要高。可信度不高的童話是失敗的童話，寫科幻作品也如此。因此平時要多看書，多看新聞，寫作靈感也是由此而來。《一隻減肥的豬》就是我當日受到一則用音樂來幫助豬生長的新聞觸發而寫成的。」

嚴太十分重視兒童文學對兒童成長所產生的影響，她認為：「優秀的兒童文學作品，一定要帶給兒童一個光明面，教導兒童積極面對人生的挑戰，幫助及啟發兒童怎樣去解決人生面對的困難。此外，還要讓兒童讀得快樂。同樣一部作品，尤其是童話，不同的小朋友會看到不同的東西。而隨着年齡的增長，讀者也會看到不同的層次，所得到的啟發也不同。這也正是兒童文學的永恆之處。」

喜歡讀冰心和梁實秋的作品

　　談到對自己影響最大的作家，嚴太說：「小時候我很喜歡讀冰心的作品，尤其是《紙船》這類以愛為主題的作品。長大後，我就更喜歡讀梁實秋的作品，尤其是他的散文，文字簡練典雅。同時，我還閱讀大量的西方優秀文學作品，博取各家所長，創作兒童文學尤需這樣。」

和冰心銅像合照，圓了嚴太親炙冰心的夢。

嚴太在兒童文學創作中可算是一個多面手，收進本書中的文體就包括了童詩、童話、生活故事和科幻故事等。童詩《一個快樂的叉燒包》歌頌了叉燒包的奉獻精神，也描述了人們吃叉燒包時的歡樂。《大廈》以具象的手法，寫出了大廈的高聳巍峨，但文字卻十分淺白。嚴太回憶起這些作品的產生過程，忍不住笑容滿臉。

「有一次我和何紫飲茶，看到他快樂地大口大口地吃叉燒包的樣子，我也受到了感染，心裏忽然產生了一種感動，腦海突然湧起了一些詩句，於是寫下了《一個快樂的叉燒包》。我看到香港到處聳立着高樓大廈，我覺得小朋友和這些高樓大廈有着緊密的聯繫，於是想到能不能用有趣的形式把大廈表達出來呢？童詩一定要有趣好玩，這首詩寫出來之後，很多小朋友都說很有趣。」

獲獎只是過去的榮譽

何紫先生曾說嚴太「惜墨如金，但篇篇精品」。確實，嚴太的作品曾多次獲獎，包括陳伯吹兒童文學園丁獎和四次獲冰心兒童圖書獎。對於這些過去了的榮譽，她表示獲獎對自己的創作產生很大的鼓勵作用，但人不能停留在過去的榮譽，反而她很想分享她看到香港孩子愛閱讀所帶給她的感動。

「1997 年至 2008 年期間，我擔任香港書展『兒童天地』的主席，令我更廣泛地看到香港兒童閱讀的狀況。每年的書展都有許多兒童參與，幼小時是父母帶着他們來選書，長大一些，他們自己親自選書。有一個小朋友我印象特別深刻，兩歲的時候，她父母帶

她到『兒童天地』找我，說很喜歡看我寫的書，以後她和父母每年都會來『兒童天地』找我，向我談她的讀書心得，一直到她去英國讀書，我們仍保持聯繫。」

退休生活充實而有意義

退休後的嚴太似乎沒有停下她一向忙碌而急促的步伐，她的生活過得充實而有意義。2006年，嚴太到哈佛大學進修博物館教育，是香港兒童博物館的發起人之一。近年來，她到世界各地旅遊，希望行萬里路來再充實自己。她還去內地做義工，到山區培訓幼稚園教師。對於未來，她也有着相當多的計劃。

能為山區可愛的小朋友服務是嚴太晚年的樂事之一。

「我去年替立法會寫了一個《小動物大行動》童話，教孩子有關的立法會知識。我昨天剛從重慶回來，我和一批義工到重慶山區做義工，培訓當地的幼稚園教師。看到山區小朋友刻苦學習的情景，真的令我很感動。我還會為內地一些幼稚園做蒙特梭利的教學培訓工作。接下來，我會再去旅遊。我想先旅遊，後寫作。我還想寫回憶錄，尋找中國兒童文學發展史中的一段歷史。至於兒童文學創作方面，我還會想寫一些童話。」

　　訪談到了尾聲，耳畔突然響起電話鈴聲，原來是朋友來電邀請嚴太去參加一個講座。望着嚴太匆匆離去的身影，我看到了一個熱愛生活的人踏實的足跡。

童詩篇

一個快樂的叉燒包

你看，
　　我剛從大蒸籠裏出來，
仍然冒着氣——
　　熱騰騰，香噴噴，
　　直教人把口水吞。
你可知道，
　　我是天生的大快活——
　　白雪雪，胖嘟嘟，
　　裏面一顆火熱辣的心。
告訴你，
　　我最大的快樂，
　　是發出熱力和香味，
　　逗人開心地抓起我，
　　大口大口地往肚裏吞。
　　然後伸出舌頭，
　　舔舔嘴巴說：
　　「真好吃的叉燒包！」

開心

開心

　　因為我會唱歌 DoReMe

開心

　　因為我會走路左右左

開心

　　因為我會講話嘰哩呱啦

開心

　　因為我會笑嘻嘻哈哈

妙想天開

突然，像芝麻開門一樣，

天打開了！

噼嚦啪啦，什麼東西撒下來？

　　冰雹？不是！

　　冰棒？正是！

　　糖果？正是！

還有……

哇！薯條、紅豆冰、吹波糖！

　　汽水、夾心餅、朱古力！

哈哈！任我選，隨我吃。

　　左咬一口薯片，右吮一啖軟糖；

吃完魚柳包，再來軟雪糕。

　　雪雪雪，吮吮吮，

　　管他牙齒冰了，肚子脹了！

突然，媽媽從屋裏撲出來，

指着天，尖叫着説：

「哎喲，老天，我的孩子要肚痛了，

我的孩子要咳嗽了！」

天嚇得嘭的一聲，關上了門，

唉！

媽媽，

　　我只好寄望下一次的妙想天開！

紅色

紅色是日落

　　火一般亮

紅色是勇敢

　　充滿力量

紅色是上體育課

　　我的臉兒像個紅蘋果

紅色是我的耳朵發熱

　　羞得要找地方躲

大廈

陽
太
的
高
長高長
上伸到伸上
地空摸空地
在天至天在
大廈站往直往站廈大

注：這是一首具象詩，詩句的排列就好像一座高聳的
　　大廈，讀時由左右兩邊往上讀：大廈站在地上 /
　　往天空伸長 / 直至摸到高高的太陽。

很遠，很遠

很遠，很遠

　究竟有多遠？

　　像太陽消失在地平線。

很遠，很遠

　究竟有多遠？

　　像火箭升上太空看不見。

我的畫

我畫媽媽

　　媽媽讚我畫得好

　　把我的畫當個寶

我畫爸爸

　　爸爸讚我畫得好

　　説他在畫裏不會老

小貓偷吃魚

小貓小貓　　不吃老鼠

小貓小貓　　愛吃魚

小貓小貓　　偷吃魚

媽媽問：誰吃了我的魚？

小貓説：「Me, Me, Me!」

（咪，咪，咪）

童話篇

姓鄧的樹

(榮獲 1986 年陳伯吹「兒童文學園丁獎」之
「優秀作品獎」)

夜，很靜，尤其是鄉村的冬夜，聽不到蟲鳴、犬吠，只有窗外北風吹過大榕樹梢時，發出陣陣的沙沙響聲。

整個鄧家村的人都睡着了，除了鄧家棟。他在睜着眼睛想心事。「明天爸爸從英國回來，希望他改變主意，不聽二叔的話就好了。」

等到差不多天亮時，鄧家棟才進入睡鄉。夢中他彷彿看到老榕樹變作一位白髮老公公，捋着鬍子，慈愛地說：「我們姓鄧的在這裏已住上差不多一千年了，我們的子孫還要世世代代住下去！」

這不是爺爺的聲音嗎？爺爺生前長有一把長長的白鬍子，就像屋旁邊那棵大榕樹的鬍根一樣。

「爺爺！爺爺！您勸勸爸爸吧，我不要住新房子。我要留在這裏，我不走！我不走！」

「家棟，家棟，我們要走啦，你還不起牀？你到底要不要和我們一起去機場接爸爸？」矇矓中，家棟給祖母推

醒了。

家棟一骨碌爬起來，穿上衣服和鞋子。

這時，門外響起了嘟嘟的汽車喇叭聲，祖母和家棟奔出門口。二叔開着他那輛新買回來的大型「賓士」轎車，裏面還坐了他的兒子家樑。家棟只比家樑大兩個月，同樣是十二歲。

十年前，鄧家村一輛私人汽車也沒有，大家出入多靠雙腳走路，頂多也是用腳踏車代步。後來政府大力發展新界，建設新市鎮，要把過分集中在城市的人口遷移到鄉村去。於是新界的土地立時漲價，許多農人便把田地賣掉，搬到新蓋的樓房去住，不再種田了。家棟的二叔把幾十畝祖田賣掉，蓋了一棟西班牙式別墅，改行做房地產經紀，幾年間倒也賺了不少錢。

汽車緩緩駛出鄧家村。才不過十年，這個原本古樸的鄉村，已變成半中不西的樣子了。古色古香的青磚中國鄉村建築已給拆掉了不少，代之而起的是三層高的西班牙式樓房，一律是紅磚屋頂，白色外牆，開了圓拱形的窗子。

家棟默默地看着車窗外一棟棟的西班牙別墅，心裏想：「這兒又不是地中海，幹嗎要把西班牙別墅移植過來？」家棟的志願是長大了當建築師，設計中國式的建築。

「喂，『黃毛楝』，要不要玩捉鬼遊戲？」家樑手中
把弄着一副電子遊戲機。

「家樑，不准這樣叫哥哥！」祖母大聲喝止家樑。

家棟倒一點也不在乎，他已習慣了這個起初聽來不但
刺耳，而且刺心的綽號，可是一旦聽慣了，給叫開了，反
而覺得有親切感。

他的皮膚是比較白皙，有點白裏透紅。至於皮膚上的
汗毛，他認為是黑色，可是同學們老是說在陽光下是金黃
色，因此叫他「黃毛楝」。

「喂，楝哥，怎麼不說話？我問你要不要玩捉鬼遊
戲？」家樑推了他一把。

「不想玩。」家棟心不在焉地應了一聲。他自顧自地
想心事。他的夢想，他的願望，都不是和他同年紀的小朋
友可以了解的。

以前，祖父在世時，晚飯後，總愛躺在大榕樹下的帆
布椅上，給他講有關鄧家村的故事，使他知道了不少自己
祖先的事跡。他知道自己的根源在這個南中國的古老圍村
裏，就像屋旁的大榕樹一樣的根深蒂固。

五年前，爸爸和媽媽辦妥離婚手續，媽媽同意家棟交
由爸爸撫養，爸爸卻轉手把他交給年邁的祖父和祖母。五

年前，家棟極不願意回來，爸爸卻硬把他送回來。可是五年後的今天，他極不願意回到英國去，爸爸卻準備把他帶走。

當家棟在機場看到五年不見的爸爸時，他只是忸怩地叫聲「爹」，並沒有好像電視上看到那些戲劇式的接機場面，大家一見面便親熱地擁抱。爸爸也只是拍拍他的肩膀，說：「長高了，不再是小孩啦！」

爸爸坐了二十多個小時的飛機，滿臉倦容，回到家倒頭便睡。傍晚，夕陽把西天染得一片通紅，遠處的青山給抹上一層紫色，一羣羣歸鳥聒噪着投向樹林裏，西班牙別墅沒有冒出縷縷炊煙，只傳出陣陣電視聲浪。

家棟斜靠着大榕樹粗壯的軀幹，覺得無限的茫然。一切都變得太快了，只有老榕樹不變，濃密的細碎葉子，依然像一把擋風雨的傘，蔽護着他，給他溫暖的安全感，它原本就有防風護土的作用啊。

家棟不喜歡變，他要一個安定的家，可是爸爸媽媽變了，家好像散了；他一心一意跟着祖父祖母過日子，可是祖父去世了，這個家也不一樣了。五年來，這個村子也變了樣子，越來越現代化了，家家有電冰箱、電唱機、電視機，甚至錄像機。只有他們家仍守在百年老屋裏，祖母仍在灶

頭燒飯，她老人家説電鍋做的飯沒有稻米的香味。這塊原本叫「錦田」的平原，以前是出產上好的大白米的，現在的錦繡良田給荒廢了，一任雜草叢生，要不就給三合土填平了，在上面蓋上西班牙別墅。

「棟棟，陪我散散步好嗎？」爸爸不知什麼時候出現在他的眼前。

父子倆默默地走了一段路，最後家棟鼓起勇氣打開收藏了許久的話匣子。「爹，爺爺説我們姓鄧的是最早移居新界的居民，也是最早的香港人，是不是真有其事？」

「是的，我們的先祖鄧符協在北宋時做過官，後來移居新界錦田，我們是他的後代子孫，鄧氏族譜裏有記載的。」

「族譜裏有沒有我的名字？」家棟一直懷疑他算不算姓鄧的人，因為他還有一半媽媽英國人的血統。

「有呀，所有男孩子的名字都記錄進去。」

「真的嗎？」家棟不禁興奮起來，頭一次覺得自己是真正姓鄧的，屬於鄧家村的。如果爸爸不到英國去，也許他的媽媽不會是英國人吧。於是忍不住問爸爸：

「爹，你為什麼會到英國去？」

「還不是為了生活！」爸爸有無限的感觸，「以前農

村的生活很困難，辛苦種田也掙不到兩頓飽飯，爺爺便叫我到英國四叔公的餐館工作。你還記得在倫敦蘇豪區那家很大的中國餐館嗎？我在廚房捱了六年，才儲蓄了一點錢自己開一間外賣店。」

「爹，你為什麼不回來住？」如果爸爸搬回來，家棟便不必離開這裏了。

「我在英國住了二十年，已經習慣了那邊的生活，等我年紀老了，便回來退休，所謂落葉歸根，我到時一定會回來的。」

「是不是二叔叫你回來把祖屋賣掉？」家棟憂心忡忡地想知道祖屋的命運。

「我們祖屋那塊地現在很值錢，有幾個地產商爭着高價購買，他們已經把我們屋後那幾個魚塘買了，打算填平了蓋幾幢西班牙別墅。二叔認為這是我們賺錢的一個好機會。」

「爹，我們祖屋已有兩百年歷史，是全村最老的一間屋子，拆掉了，不是很可惜嗎？」

「實在是很可惜，連政府也極力游說我們把它當作古跡保留下來，説什麼文化遺產，應該留下來給後代子孫，可是他們又不願意付地產商的價錢，二叔當然不肯答應把

它列為古跡。」

「爹，你得想辦法勸勸二叔呀，他又不等錢用！」

「唉，祖屋他也佔一份的，我不能完全做主，今天晚上他請我們吃飯就是要解決這件事。」

家棟感到一陣寒意襲擊心頭，他不想知道更多其他事情了。冬天的落日消失得特別快，暮色蒼茫中，晚風蕭瑟，父子倆默默地返回家。

一個星期後，家棟收拾行囊，準備和爸爸回到英國去。爸爸在一張契約上簽了名，同意二叔把祖屋賣掉，他説錢是用來給家棟念英國最好的中學和大學。

臨走前的一天晚上，家棟緊緊抱着大榕樹説：「我會回來的，我會回來做一棵姓鄧的樹，在這裏生根。我要在你的周圍建一個兒童樂園，讓我的子孫有一個快樂的童年！」

鄧家棟走後的第三天，地產商運來了鏟泥機，鑽土機，一心要把祖屋儘快推倒，拆掉，鏟平。他們來勢洶洶，老屋完全沒有招架的能力。眼看金字瓦頂塌下來了，樑木摧折，磚牆坍毀，老榕樹不忍心再看下去了，他氣得把細碎的葉子抖滿一地，大喝道：「夠了，我是一棵姓鄧的樹，我不能眼巴巴看着這最老的姓鄧的屋子毀滅！」

　　老榕樹使出渾身氣力，他的枝冒出一根又一根的氣根，像鋼筋一樣向着老屋伸延過去，把餘下的半間老屋緊緊地纏繞着，圍了一匝又一匝，密密地包紮起來。這些新長的氣根到達地面後變成新的樹幹，團團地把老屋圍在中央，牢不可破，把地產商搞得束手無策。

　　這真是一個不可思議的奇跡啊。草木有靈，是不由你不信的。人和自然本應是和諧的結合，而不是恣意的破壞，

任意的重建。

今天，如果你到香港新界錦田的鄧家村，你便會看到這樣的一棵姓鄧的樹，巍巍然兀立着，堅決地守護着鄧家棟的祖屋。

十二年後，鄧家棟從英國學成回來，他已經是一位出色的建築師，他圍着姓鄧的樹建造了一個兒童樂園，讓每一棵小小的姓鄧的樹快樂地生長。

作者補誌：

1978 年夏，我在繞了地球一匝後回到香港——這個我土生土長的家鄉。八年遊子的生活，使我更加懷念自己根源的土地，我回來原本就是要在這塊土地立足生根。

可是，香港和我都改變了。八年前，我是一隻展翅高飛的小鳥，滿腔熱情，滿懷希望地飛向世界。八年後，經過幾番風雨，幾許掙扎，我是一隻知還的倦鳥，投奔故巢。可是，從小長大的那棵棲身老樹，早已給連根拔起。在這個世界金融中心的石屎森林現代化大都市中，我竟找不到一棵築巢的老樹。

然後有一天，我來到新界元朗錦田，香港最早居民鄧族聚居的地方，一眼看到這棵大榕樹，那麼決然地緊緊擁

抱着一間頹垣斷壁的小屋，死守着不放、不捨、不棄。我傻住了，難道天地間也有人如此誓死守護家園嗎？在新界急劇都市化的發展過程中，許多新界原居民都給連根拔起，他們對祖居土地那份根深蒂固的感情又豈是金錢所能賠償的？在搬遷、拆村和重建的過程中，許多有價值的歷史古跡文物都蕩然無存了，這些本應保留給我們子孫的文物遺產，從此在地球消失，難道我們能對前人的智慧和勞動成果無愧意嗎？

我希望《姓鄧的樹》能啟發讀者重新認識香港，這「讀者」是包括了香港、內地和海外的大小讀者。

我喜歡寫童話，那是因為許多人類共同性的大問題都可隱藏在童話裏，若不經意地展示給讀者，引發他們思考，卻又不露出教訓的尾巴來。童話的意義在於給讀者引出一條光明的大路，使人積極地生活，對未來充滿信心和希望，努力地把人間美好的憧憬和夢想，一一實現……

奇異的種子

（榮獲香港八十年代最佳兒童故事獎、2002年「冰心兒童圖書獎」，獲選 2002年最受學生歡迎初小組十本好書）

　　從前，在一個很遠的地方，住了一家人。家中有爸爸、媽媽和一個兒子。

　　這家人家很特別，說話總是粗聲粗氣，一不高興便摔東西，有時甚至互相打罵，因此家裏從早到晚沒有一刻安寧。

　　一天早上，他們起了牀，大家見面也不說聲早晨好。媽媽在廚房裏噼里啪啦地弄早餐，搞了大半天，端出來一碗熱騰騰的白粥，砰的一聲放在飯桌上。因為用力太大，有一半的粥潑瀉在桌面上，也飛濺到媽媽的手上。媽媽尖叫了一聲，便上天下地地把粥咒罵了一番。那碗粥也氣上頭，便不停地冒出更多的煙。

　　兒子看到這情景，也禁不住火氣上升。

　　「哼，你這碗可惡的粥，快給我冷下來，否則我一口把你吞進肚！」

粥聽了，更加發火，冒出的熱氣也更多。

兒子眼見粥居然不聽他的話，便雙手大力把碗捧起，一口氣把粥倒進嘴裏，燙得他舌頭開花，喉嚨爆炸。他忍受不了，便也像媽媽一樣，尖叫一聲，上天下地地把粥咒罵了一番。

爸爸在旁看見這個混亂的場面，當然十分生氣。他聲如雷霆地説：「哼，看你們多不中用，連一碗粥也不能教它貼服，且看我怎樣收拾它！」説完，便舉起剩下的半碗粥，猛力地摔到地上去，粥和碗都開了花。

媽媽咆吼説：「你這笨蛋，幹嗎把我們最後一隻碗摔破，那叫我們拿什麼來吃東西？」

兒子説：「老子，你摔掉了最後的半碗粥，那我早餐吃什麼，我不肯，我要你陪我一碗粥！」説罷，兒子便嘩啦嘩啦地放聲大哭。

「你把我的寶貝兒子弄哭了，我也要把你弄哭吧！」媽媽扯破喉嚨説。

「你們兩個吵死了，快給我靜下來，否則我揍你們一頓！」爸爸掩着耳朵頓着腳説。

媽媽上前扯爸爸的耳朵，兒子早已騎在爸爸的頭上，爸爸只好大叫救命。

就在這當兒，有人拍門，大家立刻靜下來。

「咦，奇怪，是誰拍門？」兒子問。

「誰會找我們呢？我們許久沒有訪客來過了。」媽媽説。

「開門看看吧。」爸爸不耐煩了。

爸爸、媽媽和兒子搶着去開門。

咿呀一聲，大門打開了，外面站着一個老太婆。這老人家看來也有八九十歲了，弓着背、彎着腰，滿頭白髮，一臉皺紋，左手扶着杖，右手拿着一個小布袋。

「先生、太太、小朋友，可以讓我進去喝點水嗎？」老太婆喘着氣説，好像走了很多路似的。

「喝水？我為什麼要給你水喝？你有什麼好處給我？」爸爸白了老太婆一眼，厭煩地説。

「先生，我沒有什麼好處給你，不過，我可以送你一顆種子，説不定這顆種子會給你帶來很大的好處呢。」

「不要囉唆了，進來吧。」媽媽一聽到有東西送，便迫不及待地把老太婆拉進屋子。

「先讓我看看你的種子，我才給你水喝。」兒子説。

「我從來不欺騙小朋友的，乖乖給我拿杯水來吧。」老太婆邊説邊在一張給爸爸摔斷了一條腿的椅子上坐下來。

　　兒子很久沒有聽過人家讚他乖乖的，心裏很歡喜，便乖乖地去拿水。他在廚房找來找去也找不到一隻沒有缺口的杯子，心裏就後悔平日不應該粗手粗腳地對待杯子。最後，他挑了一隻缺口最小的杯子，小心翼翼地把水端給老太婆。

　　「老婆婆，請喝水吧。」

　　爸爸和媽媽第一次聽到兒子說話這麼有禮貌，簡直不敢相信自己的耳朵。

　　老太婆一口一口地把水喝光了，才慢慢地打開帶來的小布袋，從裏面拿出一塊銅錢般大的黑色石子來。

　　「這是一顆奇異的種子，當它開花時，你們一家人便會得到金錢也買不到的好處。」

　　「真的嗎？要怎麼樣栽種它才會開花呢？」

　　「你們一家人要齊心合力栽種它。每天早上，你們一起到井邊挑一桶水回來灌溉它，又要輪流對它說好聽的話和給它唱動聽的歌。等到它開花時，你們便已經獲得全世界最寶貴的東西了。」說完，老太婆起身告辭，她還要到別的人家送奇異的種子呢。

　　「究竟世界上最寶貴的東西是什麼呢？」兒子疑惑地看着手中那塊黑色的石子。

爸爸說：「我怎麼知道？等到這顆古怪的種子開花時，我們便知道。」

媽媽說：「不要多說了，還是快快把它種在花盆裏吧。」

花盆的花早就枯死了，他們把花拔掉，小心地把種子放在泥土上。

第二天早上，爸爸第一個起牀，立即喚醒媽媽，媽媽立即喚醒兒子，然後一家三口來到井邊，合家打一桶水挑回家，澆在種子的身上。

可是他們想不到要對種子說些什麼好聽的話，便十分懊悔以前沒有好好地說話。

　　兒子想起老太婆讚他乖，他覺得很好聽，於是學着對種子説：「種子乖乖，請你快快長大。」

　　説也奇怪，種子竟然裂開了一點點，好像對着他們微笑。

　　媽媽壓低了聲音，溫柔地説：「種子乖乖，請你快快長大。」種子高興得嘴巴再也合不攏了。

　　説完了好聽的話，他們便要對種子唱好聽的歌。可是他們實在很久沒有唱歌了，怎樣也唱不出一首歌來。他們沒精打采地對着種子發愁，心中十分懊悔以前沒有好好地唱唱歌。

　　這時，窗外樹上有一窩鳥兒正在吱吱地叫，聲音像唱歌般悦耳。於是爸爸便學着吹口哨，媽媽和兒子應和着咿咿呀呀地學唱歌。他們一遍又一遍地練習，越唱越起勁，越唱越動聽。

　　種子給他們逗得很開心，竟然跟着歌聲跳起舞來，它舞出了根和莖，根往泥土裏鑽，莖往上空伸。

　　從這天開始，這家人的生活漸漸地起了變化。每天一早，鄰人看到他們一家三口親愛地挑一桶水回家，又聽到他們説好聽的話，唱動聽的歌。

　　「看啊，這家人多親愛，多快樂！」鄰人都羨慕地説。

日子快樂地溜走，一年過去了，奇異的種子越長越高，它的葉子像翠玉般碧綠，每一塊都像手掌一樣大。

一天早上，媽媽在廚房一面唱歌，一面煮粥，粥在窩裏「卜卜」地吹起泡，好像急着要告訴媽媽一件事情似的。

突然，爸爸和兒子興奮地叫起來：

「快來看啊，奇異的種子開花啦！」

真的，奇異的種子開花啦！看，這花像天上的月亮一樣的圓和大，它有七塊花瓣，每一塊的顏色都不一樣。太陽照在花瓣上，每一塊便不停地轉換顏色，彷彿是七條流動的彩虹，閃閃生光，七彩繽紛的，把一家人都看呆了。

「啊，這麼美麗的花，我們的努力可沒有白費！」很久很久爸爸才如夢初醒地說話。

「老婆婆說過，當奇異的種子開花時，我們一家人便會得到金錢也買不到的好處，究竟我們得到了些什麼？」媽媽疑惑地問。

兒子看看爸爸，看看媽媽，眼珠子溜轉一下，沉思了一會，語氣堅定地說：「親愛的爸爸媽媽，我們已經得到了世界上最寶貴的東西了，那就是我們一家人的愛。」

「啊，我的孩子，你真聰明，你說得真對！」媽媽感動地摟着兒子再也說不出話來。

爸爸微笑地看着媽媽和兒子，不自覺地哼出下面的歌兒：

我們是一家人，

大家愛大家。

爸爸愛孩子，

孩子愛爸媽，

愛是奇異的種子，

它在我們的心頭開花，

我們努力栽種它，

天天開心心開花。

一隻減肥的豬

(榮獲 2001 年「冰心兒童圖書獎」)

胖記農場裏的豬好肥、好肥，就像他們的主人一樣。

肥豬每天的生活很簡單，只是吃和睡。那就是說——吃飽了，睡；睡醒了，吃。你看牠們吃得多暢快，睡得多香甜！

農場主人看到豬欄裏的豬大得快，長得肥，便笑得合不攏嘴。

「哈哈，真好啊！長得那麼胖，很快便可送到屠房去賣錢了！」主人一邊說，一邊摸着一隻平躺在地上呼呼大睡的肥豬說。

主人每天都巡視豬欄一次，他熟悉每一隻豬，知道哪隻該到時候送出農場去。他來到第十三號豬欄，一眼看到一頭瘦瘦的豬，不禁皺起眉頭說：「唉吔，為什麼你這隻豬竟然瘦得一點也不像豬？你不是在減肥吧！」

這隻豬的名字叫「博士」，因為他知道許多豬不應該知道的東西，尤其是他不應該偷偷地聽人類的說話。

一天，博士告訴他的同伴說：「兄弟姊妹們，你們不

55

要吃得那麼多，那麼快啊！尤其千萬不要吃那些科學肥豬菜啊，否則你們活在世界上的日子便越來越短了！」

所有的豬聽了，很不以為然地說：「我們豬的責任就是吃和睡啊，養得肥肥的給人類吃掉了，也算造福人羣啊！」

「唉，真是豬性不改，甘願做屠夫的刀下鬼！」博士深深地歎一口氣，躲到一旁去沉思了。

過了幾天，農場的主人突然帶來了好幾個工人，請他們在每間豬欄裝上大喇叭筒的擴音器，然後播放悅耳的流行音樂。

　　所有的豬聽到音樂，十分興奮，大家圍起來拍手跳舞。聽完音樂，跳完舞，豬的肚子餓得很厲害，便吃更多的東西。

　　博士看到這情形，坐在一角悶悶不樂。最後他忍不住說：「兄弟姊妹們，你們不要中了主人的詭計啊！我兩天前在半睡半醒時聽到主人在談論一則新聞，是這樣說的——瑞典農夫做實驗有新發現，豬隻欣賞流行音樂，生長快速，其肉美味——你們這樣做，正好加速自己死亡呢！」

　　所有的豬毫不在乎地說：「我們才不管將來呢，反正我們現在開心，你還是不要凡事潑冷水吧！」

　　博士很失望，也很傷心，他不明白為什麼他的同類跟他不一樣，也不相信他的話。難道豬一定要蠢，要懶嗎？

　　胖記農場的豬比以前更肥、更肥……博士的同伴消失得比以前更快、更快……

　　只有博士，他拚命在減肥。他盡量少吃東西，少睡覺。當喇叭筒播放音樂時，他便把耳朵捲起來，躲在一旁想一些豬不應該想的問題。

　　有一天，一間小學的老師和學生來參觀農場，一個小女孩看到博士那麼瘦，瘦得一點也不像豬，覺得牠很可憐，回家告訴她的獸醫爸爸。

「爸爸，你可見過一頭瘦豬？牠是一頭瘦得很可憐的豬啊！我們趕快把牠買回家養吧！否則牠會餓死的。」

獸醫跑去見農場主人説：「老闆，幹嗎這頭豬瘦得那麼可憐，你不是在虐畜吧！」

農場主人説：「唉，還説呢，這豬自動減肥，養牠是賠本的，你要就乾脆送給你好了。」

獸醫把博士帶回家養在花園裏，每天給他打補針和吃最富營養的肥豬菜。起初，博士很不習慣，慢慢地他倒適應了這個舒適的新環境。他想：「我現在不必擔心給送到屠房去了，就儘管吃吧，不必刻意減肥了。」

小女孩功課很忙，她許久沒有到花園看博士了。有一天考完了試，她來到花園，一看到博士那副肥頭胖耳的模樣，不禁大吃一驚：「天呀，多難看的豬啊！爸爸，我不要牠了，快快送走牠！」

獸醫把博士送回農場去，主人看到了，十分歡喜。

「呀！養得真肥！明天立即賣掉，這回不讓牠有機會減肥了！」

「唉，誰叫我不堅持到底，做一隻減肥的豬呢！」博士歎着氣這樣想着。

會哭的鱷魚

（榮獲 1992 年「冰心兒童圖書獎」）

普通的鱷魚是不會哭的，只有很特別的鱷魚才會哭。鱷魚為什麼會哭？只有看這本書的小孩子才知道！

有一天，一條會哭的鱷魚出現在河邊淺水的地方。他不停地哭，臉上全是眼淚和鼻涕，使本來難看的樣子更加難看了。

路過的大人都沒有看到會哭的鱷魚。他們太匆忙了，心中只想着家裏和上班的事情，眼睛便看不到鱷魚了。

路過的小孩倒是看到了會哭的鱷魚。膽子小的尖叫一聲，掩着眼睛跑回家；膽子大的用石子擲他的頭，用樹枝刺他的身體。

於是，會哭的鱷魚哭得更厲害了。

小美看不過眼，她喝走了頑皮的小孩，大着膽子，走近鱷魚，問他說：「喂，鱷魚，你真會哭啊！你看，河水已漲了許多，快要蓋過河岸了。你有什麼傷心的事我可以幫忙的？」

鱷魚用他哭得沙啞的聲音説：「我最近結交了幾位新朋友，他們的遭遇很可憐，可是我沒有能力幫助他們，於是越想越難過，越想……越……傷……心……」鱷魚索性嗚嗚地大哭起來。

小美説：「光是哭是不能解決問題的，讓我見你的朋友吧，説不定我可以幫助他們呢！」

鱷魚從水裏提起一個鐵箱子，把它放在岸上。他一邊打開箱子，一邊説：「這是我那些新朋友的臨時安置所，我希望他們很快便找到新的出路，重新過快樂的生活。」

小美把手伸進箱子裏，掏出一隻鞋子來。

鱷魚説：「她和她的雙胞胎姊妹失散了，現在孤零零一個，完全沒有人生樂趣。」

那隻鞋子説：「一個小女孩把我們穿舊了，叫媽媽給她買新鞋子，媽媽説我們仍合穿，不肯買新的。小女孩大發脾氣，把我扔出門。我一個人走了許多路，才遇上鱷魚哥哥。」

小美把那隻鞋子看了又看，説：「咦，你很像我家裏的一隻鞋子啊，讓我把你們配成一雙，你們便不會有骨肉分離的痛苦了。」

鱷魚説：「好極了！現在請你幫忙下一位朋友吧！」

小美把手伸進箱子裏，摸出半枝鉛筆來。

鱷魚說：「他本來有一份書寫的工作，可是他的主人把他用了一半，便叫他提早退休，你說是不是很不公平？現在他閑得不想活下去了。」

半枝鉛筆說：「其實我是天生工作狂，不能一天不工作。現在突然叫我不工作，我不知怎樣打發日子，你說這是不是很痛苦的事情？」

小美說：「我想是吧，我爺爺就是不肯退休，他說活到老做到老。可是我抽屜裏卻有不少過早退休的筆，如果你喜歡，你跟我回家，我會把你用完才讓你光榮退休。」

鱷魚說：「這就最好不過了，我還有兩位朋友，等着請你幫忙呢。」

小美把手伸進箱子裏，抽出半封信來，她大吃一驚說：「唉吔，為什麼這些字好像是我寫的？讓我看清楚一點。」

半封信說：「讓我唸給你聽吧。親愛的小惠：『你的來信我已經收到很久很久了。我一直都很忙，所以沒有時間寫信給你。你託我打電話給小芳，請她不要掛念你，我考完試一定會記着做的。現在我很忙很忙，因此……』」

小美說：「糟糕，我也有一位好朋友叫做小惠的，我好像很久以前曾經給她寫過一封信，我忘記了有沒有把信

寫完，也許只寫了一半吧！」

那半封信說：「一封未寫完的信真沒有生存的價值啊！我永遠不能去我要去的地方，我永遠不能見到收信人。也許，收信人也很着急，天天盼望郵差把我帶去呢。」

小美說：「你說得對，我怎麼從來沒有想到呢？你跟我回家，我會把你寫完，寄給小惠，她收到信一定會很開心的。」

鱷魚說：「真沒想到你辦事那麼爽快，現在就剩下最後一位朋友了。」

小美把鐵箱子倒轉，一本書跌了出來。

「我還以為是半本書呢！怎麼會是一本呀？你看來應該沒有什麼問題，應該很快樂才對！」

鱷魚歎了口氣說：「唉，你打開來看便知道了，他是一本半死的書，你看，他的文字已褪了色，圖畫也失去了光彩。」

那半死的書說：「當一本沒有讀者的書是全世界最最痛苦的事情。書是要給人看才叫做書呀，沒有人看的書只有半條命！」

小美把書拿在手裏，端詳了好一會說：「奇怪，你看來很面善，說不定是我媽媽曾經把你送給我，而我隨手一

丟便失去了你。來，你跟我回家，我做你的讀者吧！」

　　半死的書開心地說：「好極了，我終於找到讀者了！」

　　會哭的鱷魚高興得掉眼淚。他一邊揩眼淚，一邊說：「太好了，太好了，我太高興了。流過這些歡喜的眼淚，我再不會哭了。」

　　小美把那一隻鞋子、半枝鉛筆、半封信和半死的書帶回家。

　　從此，她把每一雙鞋子穿破，把每一枝鉛筆用完，把每一封信寫完，把每一本書讀完。

　　她再也沒有遇到會哭的鱷魚。

大雨嘩啦啦

（榮獲 2001 年教育委員會推薦讀物、香港八十年代最佳兒童故事獎，獲選 2002 年最受學生歡迎初小組十本好書）

我的兒子英健今年十歲，從小便很愛聽故事和看書，也喜歡自編故事。這個故事是他五歲時的一個晚上，洗臉時告訴我的。

很久很久以前，天上住着一個雷神的女兒，名字叫嘩啦啦。嘩啦啦每天吃很多碗飯，吃飽了，嘴巴髒髒的，也不抹乾淨，便跑去玩耍。

嘩啦啦最喜歡玩泥巴，把一雙手弄得又黑又髒，也不洗乾淨，便往臉上擦。

風哥哥看不過眼，對嘩啦啦說：「大花臉，不洗臉，羞不羞？」

嘩啦啦說：「不羞，不羞。你吹得動我，我才肯去洗臉！」

風哥哥拚命地吹，吹，吹，可是嘩啦啦像一座小山，一動也不動。

風哥哥氣呼呼地説：「哼！我請太陽伯伯來對付你，看你怕不怕？」

太陽伯伯出來了，他露着笑臉對嘩啦啦説：「好孩子，乖乖地把臉洗乾淨，讓我親親你。」嘩啦啦説：「不要，不要，我偏不愛乾淨，看你能把我怎樣？」

太陽伯伯有點生氣了，他漲紅着臉説：「唉！你這孩子真不聽話，我請你的爸爸來教訓你。」

「隆！隆！隆！」雷神爸爸生氣的時候，便發出使人害怕的聲響。他還揮動着一條鞭子，每拍打一下，便發出閃閃的電光。

嘩啦啦遠遠聽到爸爸的吼叫聲，又看到一閃一閃的電光，知道爸爸在發怒，不禁害怕起來，便輕輕地説：「爸爸，我立即就去洗臉啦。」

嘩啦啦順手拉下天空一塊白雲，往臉上擦一下，白雲立即變了黑抹布。「咦，真的很髒呢！」嘩啦啦把每塊白雲都在臉上擦一下，於是滿天的白雲都變了黑雲。

媽媽看見了，向她招手説：「嘩啦啦，你把所有的臉巾都弄髒了，快來幫我洗乾淨吧！」

嘩啦啦連忙把臉巾洗淨，然後把水倒掉。水從天上倒下來，地上的小朋友拍手呼叫：「下雨啦，下雨啦，我們可以玩水啦！」

嘩啦啦看到小朋友玩得那麼高興，便把一盆一盆的水倒下來，一直到媽媽説：「好啦，夠了，夠了，不要浪費有用的水。」

不久，七位彩虹姐姐也出來了，她們搭了一個彎彎的衣架，讓嘩啦啦把臉巾掛上。風哥哥和太陽伯伯看見嘩啦啦把臉洗乾淨，都稱讚她好看得多了。

可是，從此以後，嘩啦啦是不是每天都洗臉呢？

那就不知道了。只知道每隔一段時間，天上就會嘩啦啦地下一場雨！

生活故事篇

十一枝康乃馨

今天是星期六，明天是星期天，正是五月份的第二個星期天，不就是母親節嗎？怪不得班上的同學，尤其是女同學，早已議論紛紛，準備給母親買一樣禮物。

小息的時候，美琪和欣欣各自唧着一條雪條，一邊「雪雪雪」地吸吮着，一邊吱吱喳喳地説話，真難為她們的嘴巴。

「喂，美琪，——等會放了學——我們到商場逛逛——好不好？——看看有什麼東西——大減價——可以買給媽媽——做母親節的禮物。」欣欣的舌頭給雪條凍得發麻，説話有點不靈光，斷斷續續的。

「好哇，我想給媽咪買一個白皮包。黑皮包不好襯夏天的衣服，媽咪早就説要換一個新的，因為去年買的一個已變黃。我想給她買一個意大利名牌貨，可惜我的錢不大夠。如果嗲哋不資助我，我便只好給她買個本地做的冒牌貨算了，不過……」

美琪一眼瞥見愛慈不知什麼時候出現，而且正在吮着一條紅荳雪條，她眼珠一轉，計上心頭，故意大聲地向着

愛慈說：

「喂，愛慈，明天母親節，你有禮物送給你媽咪嗎？」

愛慈本來正靜靜地享受着她的雪條，平日她很少買零食，因為她的零用錢不多，她總是盡量把零用錢省下來作其他用途。今天她破例大破慳囊，因為她想回憶一下以前媽媽和她共吃一條紅荳雪條的甜蜜滋味。

「喂，愛慈，你又在做白日夢了，我們問你買了母親節禮物沒有呀！」欣欣用手肘撞了愛慈一下，使她回到現實世界來。

「哦，我媽媽最喜歡鮮花，我想買一打從荷蘭空運來的粉紅色康乃馨給她，可惜太貴了，我只夠錢買一枝給她。」說到這裏，愛慈忽然低下頭，轉過身，把剩下的半枝雪條扔進廢物箱裏，急步向着洗手間的方向走去。

美琪看着欣欣，聳聳肩、撇撇嘴說：「簡直莫名其妙，像女明星一樣情緒化！」

「對呀，她去年一來便是這個樣子，常常滿懷心事似的，許多時整天不說一句話，也不跟人玩，上課下課總是獨來獨往的，沒有人知道她住在哪裏，她也從來不跟人說及家裏的情況。看樣子，她好像不想人家知道她的底細。」

「不過，老師們卻對她不錯呀。那次，我和她同樣忘

記了做默書改錯，李老師沒有説她什麼，卻單單針對我訓了我一頓，你説公平不公平？」美琪努起長長的嘴巴，憤憤不平地説。

「看她衣着不大光鮮，也不像有來頭的人，李老師為什麼要特別優待她？」欣欣一臉疑惑，看着美琪，她以為智多星的美琪也許會給她一個答案。

美琪轉動着她的一雙靈慧的大眼睛，一下子便有了鬼主意。「喂，我們放學跟蹤她回家好不好？」

「跟蹤？」欣欣驚叫起來。

美琪連忙按着欣欣的嘴巴，兩眼逼視着美琪，壓低聲音説：「夠不夠膽？」

欣欣遲疑了一下，硬着頭皮説：「好呀，為什麼不夠膽？」

小息後的最後兩節課，三個女孩子都不能集中精神聽課。美琪和欣欣同坐，因此她們常常糖黏豆般地黏在一塊，同學們叫她們做「孖條」*。美琪和欣欣個子較高，她們坐在課室中央的後排。愛慈生得瘦小，她坐在靠窗單行的最前一個座位。因此美琪和欣欣可以很清楚地看到愛慈的一

*孖條：一種兩支連在一起的雪條。

舉一動。

美琪乘着老師轉身背着她們在黑板上寫作業問題時，把嘴巴附在欣欣的耳朵說：「你看，愛慈好像在哭，她不時偷偷地用紙巾擦眼睛。」

欣欣膽子比較小，她用鉛筆輕輕地在課本的空白地方潦草地寫了幾個字：「她哭什麼？」

美琪在旁邊用鉛筆回了一句：「記得放學後的事！」然後在桌底下踢了欣欣一腳，暗示她老師已回過身來了。欣欣瞥了老師一眼，連忙坐直了身子。

終於放學的鐘聲響起來了，五年級乙班的男同學像往時一樣，一窩蜂衝出課室，老師也喝止不住。女同學比較守規矩，也不屑跟粗魯的男生一起搶。美琪和欣欣避免跟愛慈一起，她們在樓下食物部的一角等着，讓愛慈先走出學校大門，然後跟着追出去。她們的心怦怦地跳動，既興奮，又害怕，跟蹤人家到底不是一樁光明正大的事情啊！

愛慈背着她那沉甸甸的紅色書包，裏面漲鼓鼓地塞滿了課本和作業簿。她的體重不到六十磅，而她的書包少說也重二十磅，可是她一點也不覺重，因為她的心比鉛還重呢。

她一直反覆地想：「媽媽還能活多少個母親節呢？」

去年的母親節，她已經有這個擔心，媽媽是隨時會離開她和爸爸的，這個死亡的陰影已籠罩着她的心頭兩年了。為了給媽媽醫病，他們的日子過得越來越拮据，爸爸只好拚命加班爭取額外的收入。可是一年多過去了，他們仍然沒有辦法籌到足夠的錢給媽媽在家裏安裝一部洗腎機。愛慈常常恨自己不到十五歲，那是政府實施九年免費教育以後，法律規定的兒童工作年齡，要不然她便可以輟學出來做工賺錢了。

美琪和欣欣一直跟在愛慈的背後，愛慈根本一次也沒有回過頭來看她們一眼，可是她們仍然覺得心驚膽跳。欣欣開始後悔跟着美琪做這件鬼祟的勾當。

她們轉了幾個街口，來到了一處臨時安置區，只見一排一排密密麻麻的低矮鐵皮房子，一間緊挨着一間，每間面積約莫一百多平方呎，外面門口的一旁附加一個僅可容身的小廚房。政府為了解決沒有經濟能力租住私人樓宇的家庭的住屋問題，便蓋搭了這些用木條和鐵皮做材料的臨時房屋，給從內地來香港的新移民或因天災而無家可歸的居民暫時棲身。通常每個家庭要輪候最少七年才可入住樓高二、三十層的廉租屋。美琪和欣欣的家庭環境比較富裕，她們的家就在學校所在的私人屋苑裏。

「嘩，這種地方怎麼也能住人？」美琪一邊皺着眉頭，一邊提心吊膽地踮起腳尖繞過一灘污水。

欣欣沒有答嘴。她很難過，因為她現在才明白為什麼愛慈的白色校服裙子總是黃黃皺皺，像她現在踩過這堆不知哪戶人家扔出來的爛菜葉一樣。

穿過了幾條窄窄的通道，愛慈終於進入了其中的一個單位，看樣子門是沒有鎖的，可能家裏有人在，而且也沒有什麼值得偷的東西吧。

美琪和欣欣在門外站住，遲疑着不知要不要進去。隔壁正在門外洗衣服的一位阿婆問她們找誰。欣欣囁嚅着不知怎樣回答，美琪已搶着說：「哦，我們找姓何的。」

阿婆上下打量了她們一眼，說：「你們是不是愛慈的同學？她剛回來，正在裏面服侍她媽媽吃藥。」

「她媽媽患什麼病？她從來沒有告訴我們呢。」欣欣關心地問。

「何太太已經生病兩年了，聽說是很嚴重的腎病，要定期到醫院洗腎。愛慈很乖，她不但服侍媽媽，還得打理一切家務，也真難為她。唉，我自己幾十歲，也幫不到她什麼。你們進去看看她吧。」

「不用了，我們改天再來，謝謝阿婆。」美琪一把拖

了欣欣，急急離開，恐怕愛慈隨時會出來看到她們。

在回家的路上，美琪和欣欣都沒有說話，她們的喉頭有一硬塊堵塞住了，她們的胸口也有一硬塊壓着了，隱隱作痛，這種感覺是以前沒有試過的，不過她們倒有點喜歡這種「痛」的感覺，難道這就是所謂「生長痛」？是的，她們比在去愛慈家的路上長大了一點。

第二天是星期天，正是母親節。一大清早，愛慈便在門外小廚房裏給媽媽弄早餐，突然有人叫她的名字，原來是花店送花來。一束鮮紅的康乃馨給裝在一個長方形的透明禮盒裏，旁邊還圍着粉白的滿天星。盒子外邊繫了一隻也是鮮紅的大絲緞蝴蝶結，盒外還附一張母親節賀咭，信封上面寫着「送給愛慈的媽媽」。愛慈把咭

片從信封裏抽出來，打開一看，只見上款寫着：「給有一位好女兒的媽媽，祝她早日康復。」下款只畫了兩條連在一起的雪條。

「啊，是『孖條』！」愛慈高興得大叫起來，她第一次回復到媽媽生病前的心情。

愛慈把花束小心地逐枝插進一隻玻璃花瓶裏，一邊數着：「一、二、三、四、五、六、七、八、九、十、十一，十一！」愛慈想了一下，不禁大笑起來。她跑進屋子裏，把她買給媽媽的那一枝粉紅色康乃馨拿出來，也插進花瓶裏，剛好一打十二枝！

失蹤的媽媽

　　星期六晚上，一家人正在吃飯時，媽媽突然放下碗筷，把飯桌前面的電視機關上，然後鄭重其事地向大家宣布說：

　　「我有一個請求，希望大家同意。我厭倦了做媽媽，明天想失蹤一天，你們可以幫忙分擔我的工作嗎？」

　　爸爸看了小健和小美一眼，問媽媽說：「可以告訴我們你到哪裏失蹤嗎？」

　　「啊，當然可以。我哪裏都不去，只在房間裏失蹤。」

　　小健皺皺眉，問媽媽說：「那麼你躲在房間裏幹什麼？」

　　「我什麼都不做，只想睡睡懶覺，看看書，聽聽唱帶。明天我是失蹤的媽媽，你們沒有我行嗎？」

　　「我們試試吧！」大家木無表情地回答。

　　星期天早上，家裏很靜，因為媽媽失蹤了，她不在廚房裏煮早餐，洗衣機也沒有開動，更加沒有人催小健和小美起牀了。

　　「喂，小美，起來弄早餐吧，你想吃什麼？」小健把妹妹推醒。

「煎雙蛋，哥哥給我弄，我也要失蹤！」小美撒嬌説。

「大家都不要弄，太麻煩了，我去買回來給你們吃吧！」爸爸從浴室裏喊出來説。

「不要買外頭的食物呀，不衞生的，也沒有營養，我來弄好了。」媽媽從房間裏大叫出來。

媽媽兩下手腳便把早餐弄好，對大家説：「我從現在起失蹤，你們吃完早餐請把碗碟洗乾淨，然後把髒衣服丟進洗衣機裏洗。」

媽媽砰的一聲把門關上，在房間失蹤了。

三十分鐘後，廚房傳來一陣砰砰嘭嘭的聲響，媽媽嚇了一驚，啪的一聲關掉「梅艷芳」，從牀上跳起來，把頭從門縫伸出來問：

「發生什麼事啊？」

「妹妹打破了玻璃杯，還割傷了手指呢！」

「什麼，快來給我看看！」

媽媽給妹妹止了血，貼上膠布，很不放心地

說：「唉，還是讓我來收拾吧！」

媽媽很快便把廚房收拾好，一邊把手抹乾，一邊對大家說：「我這次是真的失蹤，你們不要再煩我了。」

爸爸把髒衣服丟進洗衣機裏。

「小健，怎麼這個自動洗衣機，不會自己動呀？」

「我不知道呀，看看說明書吧！」

「說明書放在哪裏呀？」

「放在媽媽腦袋裏！」

「請媽媽拿出來吧！」

小健敲媽媽的房門。「媽媽，對不起，打擾你一下，洗衣機開不動啊！」

媽媽啪的一聲關掉「林子祥」。「唉，讓我來教你們吧！」

媽媽放了洗衣粉，又開了水龍頭，她的手好像玩魔術似的輕輕拍了洗衣機的門一下，洗衣機便乖乖的自己轉動了。大家看得目定口呆，十分佩服媽媽的高強本領。

「媽媽，你真了不起！你還是不要失蹤吧，我們不能沒有你啊！你教我們做家務吧！」大家摟着媽媽說。

「對，媽媽是不能失蹤的，地球上沒有失蹤的媽媽這種動物啊！」

爸爸的洋娃娃

今天上作文課時，老師出了一道題目，叫做《我的志願》。

「喂，健仔，你有什麼志願呀？」坐在子健旁邊的敏兒一邊咬着鉛筆頭，一邊問子健，希望這班中的「大文豪」可以給她一點靈感。

子健瞧了老師一眼，壓低聲音説：「噓！我不能告訴你，你會笑我的！」

「你不是想做譚詠麟吧！」

子健拚命搖頭。「我天生一副豆沙喉，怎麼可以做譚詠麟！」

敏兒聽了，不禁抿着嘴笑。

「那麼，你一定想做郭家明了。你不是很喜歡踢足球嗎？」

「不錯，我是很喜歡踢足球。可是，我更崇拜一個人，我想做⋯⋯」

「想做什麼呀？吞吞吐吐的，難道你想做美國的列根總統嗎？」

「哈，做總統有什麼難！我要做一個不給兒子投訴的
……」

「子健，敏兒，不准再説話，還不快作文？」老師正
瞪着眼睛，看牢他們説。

敏兒還是向子健扮個鬼臉，才低下頭來作抄寫狀。

到了下課的時間，子健仍然沒有把作文完成。這在子
健來説是很少有的，因此老師便讓他回家做。

吃過晚飯後，子健把作文簿拿出來，苦思了好一會。
最後，還是忍不住問爸爸。

「爸爸，作文可以不可以説謊話？」

「為什麼要説謊話呢？把你心中要説的話寫出來，不
就是一篇好文章嗎？」

「爸爸，這次不能説真話，説出來要給老師和同學笑
死的！」子健滿懷委屈地説。

「笑？有什麼好笑呀？你今天要作什麼題目？」

「很老土的，叫做《我的志願》。」

「把你將來長大了要做的事情寫出來，不就可以嗎？」

「可是，這個志願我卻從來沒有聽人説過。我的同學
都想做醫生、律師、會計師、教師、DJ、電視藝員等，沒
有人和我的志願相同的。」

「可以説給爸爸聽嗎？」

子健望着爸爸，想了一下，説：「好的。不過，你不要笑我呀！」

「説過不笑就是不笑。」爸爸舉手作宣誓狀。

「我的志願是——是做——一個——一個好——爸爸。」子健説完，很不好意思地低下頭來。

「啊，傻孩子，真是一個偉大的志願呢！列根總統也自認不是一個好爸爸呢！我自己也覺得做不好。」

「爸爸，我覺得你做得很好，所以才想做呀！」

「真是好兒子，讓我告訴你一個秘密，連你媽媽也不知道呢。當我像你一般年紀時，你猜我最想有一樣什麼玩具？」

子健搖搖頭。爸爸説：「一個洋娃娃！」

「爺爺沒有買給你嗎？」

「沒有，我不敢叫爺爺買，因為怕大家笑我男孩子玩洋娃娃。」

「爸爸，我給你買一個！」

「不用了，我現在已有一個大洋娃娃！」

瘦日子變肥日子

敏兒整夜沒有合眼，只是眼光光地望着天花板。她活了十二個年頭，可從來沒有失眠過，今晚是她出生以來的第一個失眠夜。

「唉，明早應該怎樣和弟弟説呢？他會明白嗎？」敏兒禁不住俯身探出頭來望着下牀熟睡的弟弟小聰。從窗外射進來的微弱燈光，她看到弟弟甜蜜的睡相。一想到明天早上要告訴他的事情，敏兒不禁又歎一口氣。

天快亮時，敏兒才迷迷糊糊地合上眼。矇矓中她聽到爸爸媽媽進來的聲音。

「唉，孩子還小，真對不起他們，可千萬別讓他們知道啊！」爸爸壓低聲音對媽媽説。

「我們不説出來，他們小孩是不會覺察的。看，孩子們睡得那麼甜，還是不要喚醒他們。今天我們不要到外面吃飯，能省一個錢就多一個錢，等下我到市場買點好吃的回來自己弄吧。」媽媽雖然盡量把聲音放輕，可是敏兒還是很清楚的把每個字聽進耳朵裏。

「好吧，反正早上我約了二弟商量一下應變的辦法，

你就自己去買菜，讓孩子多睡一下吧。」

爸爸媽媽躡手躡腳的走出房間。隔了一會，敏兒聽到關大門的聲音，爸爸媽媽出門去了。

敏兒一骨碌爬起來，跳下牀，把熟睡中的小聰猛搖了幾下。

「喂，小聰，小聰，起來呀！」

小聰揉揉睡眼，看看桌上的時鐘。

「才八時半，今天又不用上學，為什麼不讓我多睡一會？」小聰怪責姐姐說。

「小聰，我有一件很重要的事情，要趁着爸爸媽媽不在家時告訴你，你能不能醒一醒？」敏兒又搖了小聰幾下。

「哦，你是說媽媽下星期三生日，我們要送她一件神秘禮物，是不是？」

「唉，才不是呢。我是要告訴你從今天開始，我們要實行一個過瘦日子的計劃。」

「瘦日子？什麼叫過瘦日子？」八歲的小聰可給姐姐的新名詞搞糊塗了。

「你可有聽過人家說過肥年，過瘦年？」

「聽過。過肥年就是過一個豐富的新年，穿新衣，吃肥雞腿，拿大紅封包。」

「那麼過瘦年呢？」

「還用問，那就是沒錢過年囉！」小聰有時很不明白為什麼姐姐仍把他當作幼稚園學生。

「你認為我們現在過的算不算肥日子？」

「也算是肥吧，因為我要求什麼，爸爸媽媽都給我。我想我們是有錢過日子的。」

「可是，從今天起，我們要替肥日子減肥了，你做得到嗎？」

「哈，我只聽過胖子減肥，可沒聽過日子也要減肥！」小聰覺得姐姐的話太奇怪了。

「小聰，你好好聽着，爸爸現在沒有錢了，所以我們要學習過瘦日子。那就是說，我們要替爸爸媽媽省錢，因為我們還沒有賺錢的能力呢。」敏兒越說越難過。

「什麼？爸爸為什麼一夜之間沒有錢？」小聰吃驚地問。

「爸爸也不是立即沒有錢，」敏兒連忙安慰弟弟，「爸爸昨天下班時接到解僱通知書，老闆說公司生意不好，請爸爸另外找一份新工作。那就是說，爸爸下個月便要失業了。」

敏兒的爸爸一向在一間建築公司當土木工程師，收入

還算不錯，維持一家四口的生活是綽綽有餘的，因此孩子們從來沒有為生活擔憂過。昨天晚上，敏兒臨睡前上廁所，無意中聽到爸爸把公司解僱他的消息告訴媽媽，她才知道爸爸快要失業了，她可從來沒有想過自己的爸爸會失業的。她一想到電視粵語長片裏頭的爸爸失業了，全家人便得捱飢抵餓的淒涼苦況，便不禁恐慌起來。她整晚都睡不着，老是想着媽媽要變賣首飾維持生活，説不定一家人還會給惡狠狠的包租婆趕出街去。

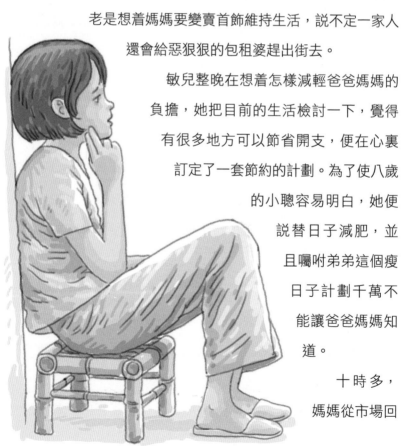

敏兒整晚在想着怎樣減輕爸爸媽媽的負擔，她把目前的生活檢討一下，覺得有很多地方可以節省開支，便在心裏訂定了一套節約的計劃。為了使八歲的小聰容易明白，她便説替日子減肥，並且囑咐弟弟這個瘦日子計劃千萬不能讓爸爸媽媽知道。

十時多，媽媽從市場回

來。奇怪的是媽媽今天買的菜比平時豐富，有叉燒、鮮魚和肥雞，敏兒看着弟弟，小聰看着姐姐，大家都不明白為什麼媽媽還要過肥日子。

「小敏，小聰，我們今天不到外面吃西餐了，我們換換口味，在家裏吃豐富一點好嗎？」

「媽媽，我們也實在吃膩了外面餐館的飯菜，倒想吃媽媽親手煮的，而且我也想跟媽媽學做飯呢。」敏兒以前總是嫌媽媽煮得不好吃，也從來不肯入廚房幫忙。

「媽媽，我喜歡吃豆腐和青菜，比肥雞更有營養呢，你以後不必買肥雞給我吃了。」小聰不是平日最愛吃肥雞腿的嗎？

「還有，媽媽，你以後也不必給我午飯錢，我帶三文治回學校吃便可以了。」敏兒以前不是很討厭吃麵包的嗎？

「還有，媽媽，我一向缺少運動，我想從下個月開始不乘校車了，反正路途也不算遠，我可以走路上學和回家。」小聰一向不愛動，爸爸帶他散步，他總不肯去。

「還有，媽媽，最近我的功課很忙，我想暫停上芭蕾舞課，可以嗎？」敏兒可從來沒缺過她心愛的芭蕾舞課。

「還有，媽媽，我以後上課會用心學習，你不必給我請補習老師了。」小聰這個學期的功課退步了，因此媽媽

給他找來一位補習老師。

「還有，媽媽，從今天起我不抽煙了！」這是爸爸的聲音。奇怪，爸爸什麼時侯回來的？他們竟然一點也不知道。

「小敏，小聰，我給你們買了聖誕禮物，我是怕到時忘記了，所以提早送給你們。」

「爸爸，我不要聖誕禮物，那會破壞我和姐姐的瘦日子計劃的。」小聰一時情急，竟然說漏了嘴，要收也收不回了。他掩着嘴巴，看着姐姐，一臉懊悔的神情。

「什麼瘦日子計劃？」爸爸看着媽媽，媽媽看着爸爸。最後還是媽媽聰明，明白孩子們的秘密了。

「爸爸，我們還是老老實實地把家庭的困境告訴孩子們吧，我們是一家人，孩子們是應該知道的。而且我們也需要孩子們的幫忙，共同度過這難關呢。」

「是的，小敏，小聰，我們以後有一段日子要學習過瘦日子。以前建築業興旺的時侯，爸爸賺的錢可以讓你們過肥日子。可是現在經濟不景，大家都在縮緊開支，不幸，爸爸的公司要大量裁員，因此爸爸下個月便失業了。不過，你們也不必過分擔心，叔叔的玩具廠今年生意不錯，他叫我轉行跟他學玩具設計，我正好把握這個機會學習一種新

技能。」

「我已決心戒掉搓麻雀的壞習慣，需要時我還可以替附近的人家帶小孩賺點錢幫補家計。只要我們開源節流，就是瘦日子也會很容易過的。」

「媽媽，我以後會盡量幫你做家務和幫小聰溫習功課。」

「我以後要自己照顧自己，不必姐姐幫忙！」小聰驕傲地說。

「假如瘦日子能夠使我們的生活更有意義，一家人更相親相愛的話，那就是肥日子了。」爸爸語重心長地說。

「讓我們共同努力，把瘦日子過得比肥日子更開心吧！」媽媽把敏兒和小聰摟進懷裏，對未來的瘦日子充滿信心和希望。

媽媽的老師

今天是黃校長榮休的大日子，我們全校師生及家長特別為黃校長舉行一個歡送大會。

媽媽是學校家長會的主席，歡送大會由她負責統籌。她特別請了一個早上的假，可見她十分重視這項活動，又隆而重之地叮囑我今天要穿着整齊，向黃校長致謝詞時不要忘記講詞。

這時，黃校長向着我們走過來，一頭銀髮在陽光下閃爍着，襯着紅潤的臉色，顯得他精神奕奕，一點也不像一個要退休的老人。

媽媽立即上前迎着黃校長，只見她垂手直立，一副俯首恭聽的樣子，竟像我們小學生一樣的「聽話」！我好生奇怪，這哪裏像我平日的媽媽。說來你也許不相信，我的媽媽是大學裏的講師，可是她的學生一點也不「聽話」呢，這使媽媽常常在我面前感歎，說什麼年青人應該尊師重道！

典禮開始了，媽媽代表家長會致辭。媽媽說：「今天黃校長要退休了，我們都很捨不得他。三十年前，當我還是一名小學生時，我也曾經站在這裏送別黃校長。」

台下一陣騷動。「原來你的媽媽是我們的校友！」同學們都不約而同地望着我。

媽媽停了話，待同學們安靜下來，繼續說：「對呀，我曾經是這所小學的學生，當時黃校長是一位年青的老師，他要到英國深造，因此暫時離開我們。我當時覺得很奇怪，為什麼當老師也要再念書？黃老師的學問不是已很好麼？可是我當時很膽小，很害羞，因此不敢問黃老師！」

台下哄然大笑。我不敢想像我那口若懸河，處變不驚的媽媽小時候竟像我現在一樣，看見黃校長便像老鼠一樣找洞鑽。

媽媽接着說：「黃校長的好學精神，一直影響着我，他誨人不倦的精神，使我立志要從事教育工作，當一個好老師。」

啊，我終於恍然大悟，為什麼媽媽一直那麼喜歡教書，她教過小學、中學、幼稚園，現在是大學裏的講師，原來黃校長是她的偶像！

輪到黃校長講話了。黃校長結了一條紅領帶，今天心情格外輕鬆愉快，說話也比平時活潑和俏皮。他指着媽媽說：「你們看看，我這個學生不太壞吧！她還是一位博士呢！」

台下嘩然。「嘩，好威呀！黃校長教導有方！」我聽

到一些家長這樣説。

黃校長收起了笑容，很認真地説下去：「我很喜歡教育的工作，喜見長江後浪推前浪，一代新人換舊人。我希望我的學生比我優勝，所謂青出於藍而更勝於藍。今天，我要從教育崗位上退下來，我歡歡喜喜地迎接這一天，因為我已訂下了退休大計，我要重返校園，當一名老學生！」

老校長退休當學生！我們都傻住了，一時反應不過來，但隨即又像開了竅一樣，春雷一樣地大力鼓掌，足足有五分鐘，算是給黃校長「大力」支持吧。

終於掌聲止了，媽媽望着黃校長，扮了一個鬼臉，頑皮地向着我們説：「讓我告訴你們一個秘密吧，黃校長將會是我的學生，我是他老人家的指導老師。以後我會對他老人家嚴加管教，就像他過去管教我們一樣，你們説好不好？」

台下轟然大笑。我們給媽媽逼瘋了。這對寶貝師生，我們都服了他們。

至於黃校長嘛，我們終於看清楚他的真面目，可惜他要退休離校了。但是，他卻成了我們的新偶像，代替了四大天王！沒想到吧！

十三號快樂課室

（獲選 2002 年最受學生歡迎初小組十本好書）

大搬家

晚飯吃水果的時候，爸爸告訴我們説：「這個學期完結，我們便要來一次大搬家。」

哥哥興奮地説：「好啊，我們要搬到哪兒去？」

媽媽説：「美國加州，英文叫 California。外婆、姨媽、舅舅、明表哥、茵表姊和小敏表妹都在等着我們搬過去呢。」

我指着水果盤裏的新奇士橙問：「是不是出產這種橙的加里福尼亞州？」

爸爸説：「是的。加州陽光充足，適宜橙樹生長，南加州就有一個橙縣呢！」

我想起學校近來有很多小朋友移民到加拿大和澳洲，便問：「我們這次大搬家是不是移民？」

媽媽説：「對，我們要移民到美國去！」

「究竟我們為什麼要移民？」我和哥哥不約而同地問。

爸爸看着媽媽，笑着説：「媽媽一直很想到美國進修，也想你們體驗外國的生活，你們願意當小留學生嗎？」

「好啊！媽媽和我們一起念書，太好玩了！」我和哥哥興奮得跳起來。

「移民有很多種，我們是另類移民！」媽媽摟住我和哥哥説。

小鳥高飛

離開香港的日子快到了，媽媽帶我和哥哥上街買東西。媽媽説美國的學校不用穿校服，因此，給我們每人買了五套新衣服，可以星期一至星期五都穿乾淨的衣服上學，而且天天新款呢！

收拾行李的時候，我告訴媽媽説：「我要把那粉紅色小格子的校服裙也帶到美國去，我要穿給美國的小朋友看！」

「你要不要帶中文書給美國的小朋友看？」媽媽指着我書架上的中文圖書問。

「要啊！一定要帶《中國童話》和《香港小學生中文詞典》！還有學校的功課簿和課本，還有……」

「夠了，夠了，坐飛機行李不能超重，我巴不得把家裏的東西全部塞進行李箱裏帶走呢！」媽媽望着滿屋子凌亂的東西，歎一口氣説。

想到還有一個星期，我便要像小鳥一樣，飛上高高的藍色天空，飛過廣闊的太平洋，到達一個陌生的國家，還要學習説英語，便不禁害怕起來。

「媽媽，你第一次坐飛機到英國讀書，怕不怕？」

媽媽把我摟進懷裏説：「只有勇敢的小鳥才飛得高，飛得遠。你要做一隻勇敢的小鳥嗎？」

十三號課室

世界真細小，我們的十三號課室就是一個小小的世界。全班三十六位小朋友，我們的膚色像彩虹般美麗，有黑色、白色、黃色和棕色，可惜沒有我喜歡的顏色——紅色。

哥哥説：「紅色是印第安人，他們才是真正的美國人，

其他族裔的人都是移民，從別的國家移居美國。」

　　蘭茜像我一樣，暑假才移民到美國，她是墨西哥人，會説西班牙文，不會説英文。我比較幸運，在香港上學時已學英文，而且常常和菲傭瑪麗亞説英文。因此，老師和小朋友説的話，我大部分都聽得懂。

　　媽媽曾經當過英文老師，她常常告訴我説：「學英文一點都不難，最重要的是要留心聽，多聽才會説，會説便會讀和寫了。」

　　爸爸説加州屬於亞太區，亞洲移民喜歡定居加州，因為亞洲和加州中間只隔了一個太平洋。我班上來自亞洲的小朋友，分別來自台灣、日本、越南和巴基斯坦。

　　我們的老師彼得信小姐説：「你們都是地球上最可愛的孩子，我愛你們每一個，因為你們都是世界上獨一無二的。」

　　我很喜歡上學，因為十三號課室就像迪士尼樂園裏面的小小世界似的！

世界上最好的老師

　　我還記得香港總督叫衞奕信爵士，我現在的老師叫彼得信小姐（Miss Peterson），她的眼睛和港督一樣是藍色的。

開學的第一天，彼得信小姐告訴我們説：「小朋友，我很榮幸當你們的老師。我六歲的時候，也像你們一樣在這裏念小學一年級。當時我便告訴自己，長大了要當全世界最好的老師。你們可以幫助我當世界上最好的老師嗎？」

我們大聲回答説：「可以！」

回到家裏，我告訴媽媽説：「我的班主任彼得信小姐

很美麗，就像媽媽一樣！長長的頭髮，大大的眼睛，不胖不瘦，不高不矮。」

媽媽開心地説：「改天讓我到學校看看便知道！」

過了一會兒，媽媽問：「彼得信小姐像媽媽一樣聰明嗎？」

我説：「這我可不知道！不過，她請我們幫助她做一個世界上最好的老師呢！」

媽媽説：「光是漂亮是沒有用的，還要有腦袋才行啊！你的老師真是世界上最美麗和聰明的老師！」

我説：「那麼，彼得信小姐可以競選香港小姐了！」

聆聽技能獎

美國學校一年分三個學期,第一個學期在十一月中結束。彼得信小姐請媽媽到學校去談談我的學習情況。媽媽不想把我一人留在家裏,便帶着我去見老師。

彼得信小姐笑起來很甜,她眨一下大大的藍眼睛,對着我説:「美,你是一個很用功的小女孩,你的成績十分好,大部分科目都拿 E,E=Excellent,即是優等,恭喜你啊!」

我不禁鬆了一口氣。

彼得信小姐又對媽媽説:「美的數學很好,我打算給她升一級。她的英文進步很快,聽課完全沒有問題。下星期一是頒獎日,我們會給美一個特別獎,希望你能參加。」

媽媽高興極了,決定下星期一不上班,出席頒獎禮。

以前在香港念幼稚園時,我拿過兩年品學兼優獎,究竟美國學校的特別獎是什麼呢?

頒獎禮那天,吃過午飯,準十二時半,我們齊集在課室裏,彼得信小姐對家長和小朋友説:「上課的時候,美最留心聽課,很細微的事情她都聽進耳朵裏,記在腦袋中,所以她的功課做得快,做得好。聆聽是一門很重要的學習技能呢!我們頒給美的獎就叫做聆聽技能獎。」

借五十本書

　　媽媽在決定買房子之前，首先打開地圖，用紅筆圈出圖書館的位置，然後才去找房子。

　　哥哥笑媽媽說：「你真不愧曾經當過十年圖書館長！」

　　媽媽說：「美國的學校特別重視課外閱讀和主動學習，因此要常常到圖書館借書和找資料。如果住在圖書館附近，那就方便得多了。」

　　我們在搬進新居後的第一個星期六，媽媽便帶我們到圖書館去。圖書館離我們家很近，只需步行十分鐘便到。

　　媽媽帶我們到讀者服務部，替我們申請借書證。手續很簡便，不必查看學生證或出生證，只需媽媽簽名做我們的保證人便可以了。圖書館員即時發給我們每人一張借書證，像信用卡一樣大小，其中一邊貼有電腦密碼。

　　哥哥想起香港的公立圖書館，每人限借五本書，便問圖書館員一張借書證可以借多少本書。圖書館員是一位和藹可親的女士，她回答說：「五十本。」

　　我們都不相信自己的耳朵。媽媽用英文再問一遍：「你是說五十本嗎？我沒有聽錯是十五本吧？」

　　那位女士笑着說：「沒有錯，是五十本！你們三位一

共可以借一百五十本呢！有沒有帶購物袋來載書？」

奇怪的經文

信不信由你，我和班上的小朋友都很喜歡念經！

我們的學校是公立學校，不是教會學校，可是每天上課和下課之前，彼得信小姐都帶領我們念一遍這奇怪的經文。彼得信小姐說這是她的教學信仰，希望我們和她合作，一起愉快地學習。

我現在唸給你們聽（當然，我們在學校念的是英文），一共有九句：

1. 我相信你和你的學習能力。
2. 我班上沒有愚蠢的孩子。
3. 浪費一個腦袋是很可惜的。
4. 我期望你能充分利用每一

個學習機會。

5. 你做錯了事情，我不會氣；如果你不用功，我才生氣。

6. 兒童有學習的權利，教師有教學的權利。

7. 我們要尊重彼此的權利。

8. 我喜歡你，因為你是你（獨一無二）。

9. 我真幸運有你在我的班上。

我們都很喜歡彼得信小姐，因為我們做錯了事情，她不會生氣，也從來不罵我們笨蛋。每次念這奇怪的經文時，我們都念得很起勁，彼得信小姐便笑得像加州陽光般燦爛。

想念爸爸

移民美國，最不習慣的是暫時不能和爸爸天天在一起。媽媽安慰我說：「我們要學習欣賞生活的缺憾美！」你明白她說什麼嗎？我只明白一點點。

我和爸爸約定，每星期給他寫一封中文信，畫一幅圖畫；每星期天早上通一次長途電話，聽聽他的聲音。

加州和香港的時間相差十六小時，當我們這兒陽光普照時，香港已是萬家燈火的晚上了。

我做了一個「美健和爸爸的生活時間表」：

加州——美健	香港——爸爸
7 AM 起牀	11 PM 上牀
9 AM 上課	1 AM 夢見美健在課室裏
12 NOON 午飯	4 AM 夢見美健吃飯
2 PM 下課	6 AM 天亮
3 PM 下午茶點	7 AM 起牀
4 PM 遊戲	8 AM 在地下鐵
6 PM 晚飯	10 AM 在辦公室
9 PM 上牀	1 PM 午飯
1 AM 夢見爸爸坐地鐵	5 PM 下班
3 AM 夢見爸爸吃飯	7 PM 晚飯

當我想念爸爸時，只要看看時間表，便知道他在做什麼了！

環保小戰士

你知道嗎？美國的人口只佔全世界人口百分之六，可是卻耗掉全球百分之三十三的能源。因此，美國的小朋友

特別有責任去保護地球。

其實保護地球，人人有責。不要看輕我們小孩子的力量，我們能做的事情多得很呢。

媽媽說：「就讓我們從身邊的小事情做起吧！」她遞給我一塊抹布。「把你和哥哥書桌上的電燈泡的灰塵抹掉，你們沒想到塵埃能吸收能源吧？」

搬到新居以後，我們每天收到不少「垃圾郵件」，大部分是商品廣告，媽媽許多時看也不看便丟進垃圾桶裏。哥哥說這些「垃圾郵件」足夠產生供應二十五萬戶美國家庭的熱能。確是驚人的能源浪費啊！讓我們寫信給廣告商吧！

明表哥專門收集汽水、啤酒等飲品的鋁罐。裝滿一個大垃圾袋便可以拿到超級市場去換錢，每個可換兩美仙，約港幣一角五分。他說積少成多，每個月可賺兩三塊零用錢呢！

媽媽在超級市場給我買了一個環保帆布袋，用來裝載圖書，可以用完再用，不必浪費紙袋和塑膠袋。

四月廿二日「地球日」已經過去了，讓我們齊齊來做環保小戰士，實行天天地球日！

「扮鬼扮馬」萬聖節

十月三十一日是萬聖節（Halloween），是美國人的鬼節，也是小朋友最喜歡的節日。學校在中午舉行化裝大遊行，那就是説，你可以「扮鬼扮馬」給大家欣賞！

彼得扮超人，布頓扮警察，妮歌扮芭蕾舞后，蘭絲扮小天使。高年級的同學扮女巫、吸血僵屍等恐怖人物。

媽媽沒有時間替我趕製服裝，服裝店現成的女巫裝、小飛俠裝等太貴了，穿一次很不划算。

最後媽媽人急智生，她走進車房裏，在那些移民裝箱的紙盒堆中翻了大半天，終於找出一套雲南少數民族的兒童服裝來。她説：「你就扮雲南小公主吧！」

這真是一套很可愛的服裝：粉紅色長袖上衣和長褲，衣領、袖口和褲腳都鑲了金線刺繡花邊，外面罩一件黑色絲絨小背心，上面繡滿紅色的花朵，還有頭飾和小掛包。化裝巡遊的時候，小朋友都向我投以羨慕的眼光。

晚上，我和哥哥上街去 treat or trick，那就是逐家拍門討糖果吃。不到一小時，我們便滿載而歸，足足有兩個大購物袋的糖果呢！媽媽不准我們先吃，她把全部糖果檢查過，丟掉沒有獨立包裝的，因為怕有壞人在糖果裏放了毒藥或是藏了小刀片。那倒是我和哥哥沒有想到的事情！

雙語狗 TIGER

我們剛到美國的時候，住在海豹灘（Seal Beach）何叔叔的家裏。何叔叔養了一頭老虎狗，名字就叫 TIGER。

在所有寵物當中，媽媽最怕狗，因為她曾經給一頭小小的北京狗咬過，現在右腿仍留有疤痕。因此我和哥哥從小便有畏狗症！

何叔叔對 TIGER 管教很嚴，廚房、客廳和睡房是牠的禁區，絕對不准跨越半步。何叔叔用廣東話叫牠「坐低」，牠便乖乖的坐下來，傻傻的看着我們吃東西。何叔叔用英文叫牠「Go away！」，牠便依依不捨的回到牠的狗窩裏，豎起耳朵，遠遠地聽着我們説中文或英文，牠是雙語狗呢！

一向怕狗的媽媽對我説：「TIGER 是紙老虎，牠是世界上最溫馴的狗，你可以陪牠玩，牠不會咬你的。」

有空的時候，我便放 TIGER 到後園玩，給牠吃牛肉乾，那是牠最愛吃的食物，因為牠日常吃的是像小石子一般乾和硬的狗糧。有時，我抱着 TIGER，讀故事給牠聽呢。

搬家那天，我恨不得把 TIGER 也搬走！媽媽催我上車，我才放下 TIGER，可是我的一隻鞋子不見了，只好穿另一雙鞋子到新居去。第二天早上，何叔叔打電話來告訴我説：

「美美，昨天晚上，TIGER 和你的鞋子一起睡覺呢！」

原來，TIGER 偷偷藏起了我的鞋子，可見牠是多麼捨不得我啊！

感恩節與火雞

十一月的最後一個星期四是感恩節。踏進十一月，家家戶戶便忙着準備過節了。

圖書館把所有有關感恩節的書籍陳列出來，每個家庭限借一本。媽媽借了一本回家，告訴我們感恩節的來歷是這樣的：

一六二〇年，英國的清教徒乘帆船「五月花」號到達美國北部靠近波士頓的普立茅斯。他們在新大陸登岸後，找到了印第安人遺下來的玉蜀黍，便拿來作種子，在地上播種生長。到了第二年秋天，他們的農作物大豐收，便集合大眾感謝神恩，並把印第安酋長和他的族人也請來參加宴會。一連三天舉行盛大的宴會，吃的是火雞、野鹿、玉蜀黍、南瓜、甜餅和水果等。

今天美國人慶祝感恩節是舉行家庭聚餐，家庭成員從全國各地趕回家吃團圓飯，好像我們中國人在除夕吃年夜

飯一樣，不同的是美國人吃大火雞，我們吃大肥雞！

　　媽媽説：「『五月花』號的清教徒可説是美國的早期移民，他們的主要肉食是火雞。感恩節的火雞是美國人一家團聚的象徵。」

　　哥哥説：「野火雞原產於美國，哥倫布發現新大陸時，一定也發現火雞！」

日讀一書

　　從九月中開學到十一月中，我總共讀了六十本英文圖畫書。如果我讀到一百八十本的最高目標，學期尾時便會獲得一個大獎。

　　我們學校舉辦一個家庭讀書會，鼓勵父母在家和子女一起閱讀。媽媽和我報了名參加。學校發給我們一張讀書登記表，每讀完一本書，便在表上填上日期和書名，還要家長簽署。

　　幼稚園至二年級，每天最少讀書十五分鐘，三至五年級最少讀二十五分鐘。但是我和媽媽都很用功，每天讀書最少半小時，有時還一個小時呢！剛開始時，媽媽朗讀給我聽，等我認識的字多了，我便朗讀一段或一頁給媽媽聽。

到現在，我是「主讀」，她是「副讀」，那就是說，遇到我不認識的字時，才讓她讀！

每讀滿二十本書，老師便送我一枝鉛筆或一張書籤。今天，當我交回第三張讀書登記表時，我收到一張很特別的短柬：

「美，恭喜你，你已讀了六十天書，校長會請你和她一起吃午飯。遲些會送請柬給你。」

我一直忘記告訴你我的校長是誰，她叫西門士博士。

光榮熊

做一隻「光榮熊」是很有體面的事情，你不需要成績好才可以做。我們是輪流做的，不過，每人只限做一個星期。在那個星期內，「光榮熊」是班上的風頭人物！我們都急不及待地等着做「光榮熊」。

沒想到，開學後的第五個星期便輪到我了。彼得信小姐請媽媽替我準備一些「只有我有，別人沒有」的東西，以下便是媽媽的精選：

1. 我從出生到現在的照片十五張。

2. 我的幼稚園畢業證書及品學兼優獎狀。

3. 我的粉紅色心型幼稚園生活相簿。

4. 我寫的中文字。

5. 我兩歲時穿的小木屐。

6. 我愛吃的冬菇。

7. 我收集的《小紅帽》中英文圖畫書、玩具和拼圖。

我把這些東西帶回學校，並且用英文介紹給小朋友認識。你猜小朋友最喜歡什麼東西？當然是小木屐了，其次是《小紅帽》圖書和玩具。小朋友還要我教他們寫中文字。

我在黑板上寫「一、二、三」，他們説：「Very easy！」
我再寫一個「嚴」字，他們便説不出話來了！

地震演習

一九八九年秋天，三藩市發生大地震，金門橋也攔腰折斷，我們在電視上看到了，很是觸目驚心。

加州位於地震帶，是隨時會發生地震的，因此學校要舉行地震演習。一旦發生地震，我們知道怎樣做，便不會恐慌。

當我們聽到地震的緊急鈴聲，便趕快蹲在桌子底下，用雙手環抱着頭，等到地震停了，才可以離開課室，跑到外面操場去。操場很大，可避免建築物塌下來的危險，比課室安全。

此外，我們還要準備一個「生存糧包」，存放在課室裏，以備不時之需。你也可以準備一個，只要把以下的東西放進一個塑膠食物袋裏便成了。

（1）2 罐 8 安士罐裝果汁（拉蓋式）

（2）2 罐 4.5 安士罐裝水果（拉蓋式）

（3）2 罐 3 安士吞拿魚或其他罐裝午餐肉（拉蓋式）

（4）2 盒花生醬或芝士餅乾（小盒裝）

（5）2 包夾心朱古力

（6）2 隻塑膠匙羹

（7）1 盒紙手巾（小盒）

（8）6 包濕手巾

小小演説家

我第一個學期成績最弱的是「説話」。彼得信小姐説：「我要訓練你們成為小小演説家：第一不要害羞；第二不要害怕；第三聲音要大；第四要微笑；第五要看着聽眾。最重要是多練習！」

我最大的毛病是害羞，因此聲音像蚊子般小，也不敢看着同學。媽媽常説「將勤補拙」，我惟有努力練習，成績才算過得去。可是我長大了要當律師，一個不會説話的律師是多麼的教人笑話啊！我最羨慕電視節目《律政風雲》（L.A. LAW）中的女律師，她們的口才多麼好啊！

媽媽安慰我説：「星期六哥哥要參加培養華裔參政第二代人才的座談會，我帶你去旁聽蒙特利公園市女市長趙美心演講吧，她是一位出色的演説家。」

　　星期六的演講主題是「廿一世紀亞裔社會的領導人」。趙美心市長穿一套鮮紅色套裝，十分奪目。她站在講壇前，面帶笑容，眼睛望着我們，很輕鬆自然地説話，完全不用看講稿。她的聲音清脆響亮，悦耳動聽。我雖然不大聽得懂她的演講內容，但卻被深深吸引着，沒有中途睡着呢！

　　我深信我下一次演講一定會有進步的！

美國的新移民

　　來到美國三個月了，我沒有在街上看到乞丐，便問媽媽美國有沒有窮人。

　　媽媽説：「當然有！只是窮的標準不一樣。這裏許多窮人出入開汽車，因為汽車是生活必需品，不是奢侈品。有些窮人沒錢付房租，便一家人睡在汽車裏過夜。」

　　今天哥哥讀報，説有一個越南家庭，為了省煤氣錢，不肯開暖氣，在室內用燒烤爐的炭火取暖。因為空氣不流通，吸入過量的二氧化碳，結果一家三口全部死亡。真悲慘啊，他們是剛從越南來的新移民。

　　我班上有一個越南來的男同學，他長得很瘦小，可能是小時候沒有足夠的東西吃吧。每天中午，他只付四毛錢

買午餐吃，我卻要付一塊五。媽媽解釋説低收入的家庭可以替學童申請吃減價午餐。

蘭絲是墨西哥新移民，他們一家四口住在一個車房改裝的小房子裏，可是她很喜歡美國，因為他們在墨西哥住的房子更小，而且十分破爛和骯髒。

媽媽説父母選擇移民，主要是為了保障下一代有一個較安定和舒適的生活環境。小移民應該盡量利用新環境的良好教育機會，鍛煉好本領，成為新國家未來的主人翁。

好鄰居

我們離開香港已經大半年了，漸漸習慣了美國的新生活。我尤其喜歡我們新的家。

新的家是兩層的城市屋，坐落在一個幽靜的住宅區裏面。媽媽給我和哥哥每人布置了一間舒適的卧室，我的是粉紅色，哥哥的是淡藍色。媽媽還給我們買了書桌和書架，方便我們專心做功課。

我們的鄰居都是很友善的美國人，平常碰了面也會點頭微笑或者説聲「嗨」。

住在我們右邊的是一位老婆婆，她叫我們叫她的本名

萊絲，不要稱呼她做什麼太太。萊絲看起來不像七十多歲，她身手敏捷，打扮得很漂亮，喜歡穿粉紅色的衣服。萊絲的丈夫已經去世，她一個人住，只有小狗格利陪她。聖誕節時萊絲送給我們一盒巧克力，媽媽送給她一條鮮艷的絲巾。

我們的左鄰是一對六十歲左右的夫婦，先生叫亞祖，太太叫羅莎。他們很熱情，我們搬來的第一天便走過來探望我們，問我們要不要幫忙。

媽媽説：「遠親不如近鄰，我們要和鄰居和睦相處，互相照應。小孩子尤其不要喧嘩吵鬧，騷擾鄰居，惹人討厭。」

有一次羅莎問媽媽：「是不是中國孩子特別乖？為什麼我聽不到你的屋子有聲音？」

表哥的十張獎狀

新年期間，媽媽帶我們到聖基博爾（San Gabriel）探望外婆和聯姨丈一家。

我踏進駿表哥的房間，看到牆上掛滿了獎狀。數一數，一共十張，我不禁豎起大拇指説：「嘩，表哥，你真棒！」

駿表哥的數學和科學成績很好，每科拿了兩個獎。他

當選了三個月的「當月最佳學生」，總共有三張獎狀。至於行為方面，他拿了一個禮貌獎和一個良好工作習慣獎。最特別的是校長頒予的「好人好事獎」，我問媽媽校長在獎狀上寫了些什麼話，媽媽清理一下喉嚨，扮做校長說：

「此獎頒給關亨利，因為我捉到他做了一些好事——因為你做的好事，使我們的學校成為一個更好的學習地方。你的行為證明了個人是可以使一切變得更美好的。我十分

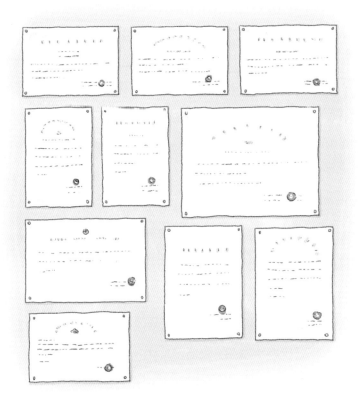

讚賞你的成就，並且盼望你將來做更多的好事。」

哥哥笑問表哥：「你究竟做了些什麼偉大的好事呀？」

駿表哥有點不好意思地説：「其實我也不大清楚，大概是幫助同學，替老師做事，撿起地上的紙屑丟進垃圾桶裏吧，我沒有想到會給校長看到的。」

媽媽忽然很認真地説：「如果有一天我當了校長，我也要做一個專捉學生做好事的校長！」

M&M 的故事

媽媽要逗我開心時，便給我 M&M。M&M 可不是 MONEY and MONEY，而是美國馬司（MARS）糖果公司生產的巧克力豆，樣子好像 SMARTY 聰明豆。

美國的小朋友都很愛吃 M&M。如果你看過《E.T. 外星人》這套電影，你便會記得連 E.T. 也吃上了癮呢！

媽媽告訴我説：「M&M 已有五十年歷史，最初是為第二次世界大戰的軍人而生產的。」

如果我們人類打仗用 M&M 做子彈，那該多好！

今天哥哥在看報紙時，忽然哈哈大笑起來，拍着桌子説：「真好玩啊！真是一個甜蜜的任務！」

我連忙問他是怎麼一回事。原來馬司公司捐出一千五百磅「裸體」的 M&M，委託波士頓麻省理工學院四位工程學系的學生替 M&M 換上新裝。新衣不但要容易穿着，而且要便宜美觀，更重要的是不能在手上溶化，只能入口溶掉。經過多月來的研究和試驗，這四位學生每天吃掉不少 M&M，結果全部變了胖子！可幸他們的成績沒有白費，教授給他們每人一個 A，使他們開心地完成這個甜蜜的任務。

我以後吃 M&M 時，便不會給巧克力弄污手指了。

牙齒仙子

我的同學珍妮掉了一顆門牙，她告訴我說：「美，你知道嗎？如果你把掉下來的牙齒藏在枕頭底下，牙齒仙子晚上會來送給你一些錢的。」

我在香港時，一共掉了四顆門牙，牙齒仙子一次也沒有來給我送錢，也許牙齒仙子住在美國，不喜歡飛到遙遠的香港去吧！我用手指在口裏摸摸每一顆牙齒，發覺有一顆正在搖動，便天天盼望它能趕快掉下來。

終於給我盼到了，今天午飯吃蘋果時，這顆牙齒掉下

來了。我把它像寶貝一樣用紙手巾包起來，小心地放進口袋裏。珍妮很興奮地說：「記着把它藏在枕頭底下，明天告訴我牙齒仙子給你多少錢！」

回到家裏，我立即把牙齒給媽媽看，告訴媽媽說：「我要把它放在枕頭底下，看牙齒仙子會不會晚上來給我送錢。」

媽媽笑着說：「這就要看你要不要我催你上牀了！」

吃過晚飯，我連電視也不看，便趕快收拾好書包，然後洗澡、刷牙，上牀睡覺。腦海裏一直幻想着牙齒仙子的模樣，結果很久很久才進入夢鄉。

第二天早上，我睜開眼睛，便把手伸進枕頭底裏，竟然摸出一把硬幣來，其中有一個香港一元和兩個香港五角呢！牙齒仙子果然晚上出現，可是，她哪裏來的港幣呢？

黑人領袖金博士

一月二十一日學校放假一天，原來是紀念馬丁‧路德‧金博士（Dr. Martin Luther King）的生日。金博士生於一九二九年一月十五日，死於一九六八年四月四日，他是給人暗殺的。金博士生前曾經獲得諾貝爾和平獎。

今天上課時，彼得信小姐特別給我們講述金博士的生平故事，使我們認識這位偉大的黑人領袖。美國總統林肯雖然解放了黑奴，可是直到金博士生長的年代，黑人仍然遭受不平等的待遇，他們只是二等公民，許多公眾場所都不准黑人進入。

金博士小時候，爸爸帶他乘坐公共汽車。他們坐在前面，白人司機命令他們坐到後面去。他們堅決不肯服從，

寧願下車走路。又有一次，爸爸帶他到鞋店買鞋，那白人店員不肯為他們服務。小時候的金博士，已經體驗到這種不平等的種族歧視，他立下決心，長大了要領導黑人爭取和白人相等的權利，但他反對用暴力爭取自由和平等。

一九六三年八月二十八日，金博士在美國首都華盛頓領導一個二十五萬人的和平示威遊行。這次示威促使國會通過了「民權法案」，使不同種族的人享有就業和接受教育的均等機會。

媽媽說：「我們要感謝金博士，今天我們新移民可以享受到的工作和教育的平等待遇，都是金博士爭取得來的。」

有趣的數學功課

今天下午媽媽接我放學後，帶我到超級市場買菜。我穿過自動門，在入口的地方替媽媽推一部購物車時，一個個子比我還小的男孩走上前來對我說：「請問我可以訪問你嗎？」

我正不知如何回答他，他的媽媽對我們說：「這是他的學校功課，他正在做一項調查，需要訪問十位小朋友。」

媽媽問小男孩：「你可以告訴我們你的名字和念第幾年級嗎？」

小男孩回答説：「我叫泰利，是一年級學生。」

我説：「我也念一年級，可是我不用做調查。」

泰利説：「這是數學功課。我現在可以問你問題嗎？」

我説：「好呀，我會盡量回答。」

泰利説：「你家裏有沒有任天堂電視遊戲機？」

我説：「沒有，但是我很喜歡玩任天堂的電視遊戲。」

泰利説：「你喜歡哪個遊戲——唐老鴨俱樂部、忍者龜，還是超級馬利奧？」

我説：「超級馬利奧！」

媽媽問泰利：「你訪問完十位小朋友後，會怎樣運用這些資料呢？」

泰利説：「我們分組做統計圖表，看哪種電視遊戲最受小朋友歡迎。」

泰利的數學功課真有趣呀！

活的博物館

橙縣有一個橙城，英文就叫做 ORANGE。一個星期六下

午，我們開車到橙城探訪海特先生，他曾經當過橙城市長。

海特先生是一位和藹可親的老人家，他很喜歡小朋友。哥哥問他：「橙城每年產橙量多少？」

海特先生笑着說：「說來你們不會相信，事實上橙城並不產橙！」

我們都十分驚奇。我搶着問：「那麼橙城的名字是怎樣得來的？」

海特先生說：「像許多橙縣的城市一樣，橙城以前出產很多橙。可是到了六十年代，因為急劇都市化，許多本來種橙的土地都蓋了房屋、購物中心和公路，結果橙樹便漸漸消失了。」

哥哥若有所思地說：「這跟香港的沙田一樣，越來越都市化，現在已沒有一塊可耕的田了！」

海特先生說：「不過我們特別為小朋友在一個公園裏種植了一畝橙樹，讓小朋友知道橙不是從超級市場來的，這是一個活的博物館呢！」

「我爸爸在香港三棟屋博物館也設計過一個稻米展覽，讓小朋友知道米不是從超級市場來的！」我驕傲地說。

給作者寫信

這個星期有一樣新功課，就是寫信給一位兒童書的作者，告訴他我喜歡他寫的哪一本書，並且說明喜歡的原因。

下課後，媽媽帶我到公立圖書館去選書。我們在書架上找到一本封面很突出的圖畫書。在橙紅色的背景襯托下，有一隻大黑狼，瞪着白眼睛在窺探着，彷彿在等待着什麼東西似的。這本書叫做《狼婆婆——一個中國小紅帽的故事》，作者是美國著名華裔插畫家楊志成（Ed Young）。

這本書獲得一九九〇年美國圖書館協會頒發的最佳圖畫書獎。

媽媽說：「狼婆婆是中國家喻戶曉的民間故事，小時候婆婆常常講給我們聽。故事是說母親到婆婆家祝壽，把三姊妹留在家裏。住在附近的老狼知道了，扮做婆婆，瞞過了三姊妹，進入屋子裏。幸好聰明機智的大姊及早識破老狼的詭計，想出一條妙策，連同兩個妹妹，合力把老狼拉到樹上，把牠摔下來，跌死了。」

看完了《狼婆婆》，我寫了下面的信給作者：

親愛的楊先生：我很喜歡你寫和畫的書《狼婆婆》，故事很有趣和緊張。我最喜歡的一部分是三姊妹騙老狼說

125

樹上的白果很好吃，老狼貪吃，便坐進大籃子裏，讓三姊妹把牠拉上樹頂，結果給跌死了。還有，你的插圖很特別，那隻老狼使我很害怕呢！

奇怪的家庭組合

最近社會科的學習單元是家庭，彼得信小姐請我們每人說出家裏的成員。

我說：「我家裏有爸爸、媽媽、哥哥和我，一共四個家庭成員。」

大部分同學說的都和我差不多。

輪到大衛時，他想了一下，說：「我家裏有兩個爸爸、兩個媽媽、一個哥哥、一個弟弟，還有半個小妹妹。」

我聽了，嚇了一跳。兩個爸爸和兩個媽媽還不算奇怪，但是怎麼可能有半個妹妹呢？另外的半個妹妹在哪裏呀？大衛的家庭組合太奇怪了。

下午放學回家，我問媽媽大衛有沒有可能只有半個妹妹。

媽媽說：「大衛的親生父母已經離了婚，又各自再結婚，

因此大衞便説他有兩個爸爸和兩個媽媽，其實他是多了一個繼父和一個繼母，英文叫 stepfather 和 stepmother。至於半個妹妹或半個姊姊，英文叫 half-sister，那就是同父異母或同母異父所生的妹妹或姊姊。你現在明白了嗎？」

我看着媽媽説：「我不要有半個兄弟或姊妹！」

媽媽把我摟進懷裏，笑着説：「傻孩子，不要擔心，媽媽和爸爸是不會離婚的！」

沒有功課的假期

一個星期七天，我最喜歡星期五，因為學校只上五天課，星期六和星期日是假期。美國的學校放假是不用做功課的，是名副其實的「工作時工作，遊戲時遊戲」。

説到功課，這裏比起香港的學校，實在是太少了。我們完全沒有作業簿，只有「工作紙」，即是 worksheet。每逢星期一彼得信小姐派給我們一份工作紙，説明一周每天應做的功課。星期一是串字（spelling），一共十二個生字，請父母替我們讀默寫在工作紙上。星期二是數學，計算十五至二十題習作。星期三是語文、社會和自然結合在一起的寫作或口頭報告。星期四是指定閱讀。星期五是自

由閱讀。

　　星期三的功課最有趣，但是最花時間和需要媽媽的幫忙。最近我們自然科學習動物，於是我們的功課是這樣的：「寫一隻關於你喜愛的動物，最少寫出牠的三種事實，也許你要做資料搜集，研究牠住在哪裏，吃些什麼東西和其他的習性。」

　　哥哥借給我一本熊貓圖畫書，媽媽和我一起看，把重要的資料記錄下來，最後我寫了六句關於熊貓的事實。寫完了還要做口頭報告，講給全班同學聽。彼得信小姐說我做得很好，小朋友都覺得熊貓很有趣。

顏色捉迷藏

　　顏色捉迷藏（colour hide and seek）是一個很有趣的化學實驗，化學師給它一個很嚴肅的名稱，叫做色層分離法（chromatography）。

　　這個實驗是要和家長一起做的，因此媽媽要在通告的回條上簽上「願意」，學校才讓我把實驗盒帶回家。盒子裏有一本小書，教我怎樣做四個小實驗，有一份教媽媽指導我做實驗的説明書，還有做實驗必需的用具和材料。

現在讓我們來做第一個實驗吧！這個實驗的目的是要找出黑墨水裏面有些什麼顏色藏起來。

材料：

吸水紙，剪刀，黑色水筆，透明膠杯，水，間尺。

做法：

（1）剪一條約 3cm 闊，l2cm 長的吸水紙條。

（2）用墨水筆在靠近紙條一端約 2cm 的地方畫一條粗橫線。

（3）在膠杯裏注入約 lcm 高的水，把紙條上有黑線的一端放進杯子裏，小心不要讓墨浸在水裏。

（4）留心觀察黑色的墨有什麼變化。

我看到黑色的墨慢慢溶化，變成啡色，接着變成紫色和藍色。等到這些顏色越升越高時，底部慢慢變成橙、粉紅和黃色，十分美麗，先前的黑色完全消失了。

媽媽說：「很多東西的外表和實際並不一樣呢！」

莎莉的權利

莎莉是我的同班同學，她的媽媽是家長會的會長。我見過她的媽媽，胖胖的像莎莉一樣，不過卻十分和藹可親，

我很喜歡她。

班上的同學不大喜歡莎莉，因為她很 bossy，那就是説她很喜歡管閒事和愛指揮別人做事。

有一次，我穿一條紅裙子上學，媽媽給我別一個藍色髮夾，我認為很好看，沒有什麼不對。可是莎莉卻在蘭茜和珍妮面前指着我大聲説：「美，看你的髮夾多難看，你應該換一個白色的才對，我有權利這樣告訴你！」

我對莎莉説：「莎莉，你沒有權利這樣説我，這是很不禮貌的！」

珍妮説：「我認為美的髮夾很好看，你的鞋子那麼髒，才難看呀！」

莎莉尖着聲音説：「珍妮，你沒有權利這樣説我，這是很不禮貌的！」

蘭茜大笑起來，對莎莉説：「你有權利對美不禮貌，珍妮也有權利對你不禮貌呀！」

莎莉漲紅了臉，説不出話來。媽媽曾經告訴我，美國是一個重視人權的國家，可是有些人卻誤用權利。遇到不禮貌的待遇，我們是有權利抗議的。

謝謝老師

在五月的第一個星期，媽媽收到家長會的一封信：

親愛的同學和家長：

五月六日至十日是「謝師周」，我們的老師勤奮辛勞，盡忠職守，教育和愛護我們的孩子。為了表示對他們的謝意，請你們考慮給孩子的老師寫一封親筆謝函，送一束你親手種的鮮花，或是自製一張感謝咭……請幫助我們一起尊敬我們的天皇「巨星」吧！

我家後園沒種花，媽媽要上班沒時間烘蛋糕，我的手藝很差勁，最後媽媽選擇了寫信。

親愛的彼得信小姐：

我和外子很早就想寫這封信給你，謝謝你對美的教導和愛護，現在趁着「謝師周」這機會，執筆寫此信向你再三致謝。

去年九月美剛來到美國，一切都顯得陌生，我們很擔心她不能適應新的學校生活。可幸她遇上你這樣一位好老

師，處處給她幫忙，使她很快便融入了學校的生活。美很喜歡上學，她有很多好朋友，她特別喜歡你當她的老師。

你對美的悉心教導和愛護，我們十分感謝，請接受我們一家人給你的謝意。

敬祝

教安

嚴太

老師的結婚請柬

去年開課不久，彼得信小姐便告訴我們她要在今年五月結婚。一踏進五月，我們便開始焦急地等待消息。

彼得信小姐説過，要請我們十三號課室所有小朋友參加她的婚禮。珍妮花告訴我她已經請媽媽給她買了新衣服，準備穿了出席婚禮。我和媽媽已經計劃好送什麼禮物給彼得信小姐。十三號課室的家長助教準備請每位小朋友的媽咪提供一份食譜，集合成一本小冊子送給彼得信小姐。媽媽翻了大半天烹飪書籍，選了「甜酸肉」。

今天彼得信小姐終於給我們每人一張結婚請柬，是她自己手寫，印在粉紅色紙上的。

We're married!

　　如果沒有你們出席，我的婚禮就不會一樣了！親愛的十三號課室的孩子們。

　　你們被邀請參加彼得信小姐的婚禮，日期是 5 月 25 日星期六，上午十時，在長堤的聖安東尼教堂。請你們不要帶禮物來，我只希望和你們分享結婚典禮的快樂。禮成後，我要和你們在教堂前面拍一張合照留為紀念。如果你能出席，我們到時見面吧。

彼得信小姐上

E E E E E

　　第二個學期結束時，彼得信小姐請媽媽到學校去談談我的學習情況。

　　彼得信小姐把我的成績表給媽媽看，笑着說：「嘩，美拿了很多個 E 呢！她的成績進步很快，是班裏面的高程度學生。她的數學很好，可以學二年級的數學了。最使我驚奇是她的英文，聽和讀已經完全沒有問題，講和寫也差

不多拿 E。美最大的優點是她很留心聽課，一教她便會，而且還幫我教其他的小朋友呢！難怪她在班上很受歡迎。」

我在成績表上數一數，二十九個項目當中，我拿了二十二個 E，六個 S＋，一個 S。對了，我忘了告訴你，E 是 Excellent，即是優等；S 是 Satisfactory，相當於良；跟着是 N 和 U，N 是尚可，仍需努力；U 則是劣等。你猜我最弱的一科是什麼？是 P.E.（體育科）呀！

回到家裏，我在一張白紙上寫了五個 E，貼在門上。哥哥皺起眉頭，問我是什麼意思。真是 IQ 零蛋！

E for Ear, E for Eye, E for Express, E for Effort, E for Excellent. 只要用耳聽，用眼看，用腦和口表達，加上努力，便可獲得優等成績。

哥哥說：「E for Easy, E for Enjoy ！」他覺得讀書是很容易和很好玩呢！這點我也有同感。

唐人街飲茶

今年的農曆新年真好，碰上一連四天學校假期。年初一是二月十五日星期五，爸爸帶我們到羅省唐人街飲茶。唐人街又稱華埠，英文叫 CHINA TOWN。

　　車子駛近唐人街，「日落大道」的中文街名便映入眼簾。原來唐人街的街道牌都有中文譯名，每間商號都掛上中文字招牌，迎面而來的都是中國人。一時間，我差點兒忘記了自己是身在美國呢！

　　我們到金龍大酒家飲茶，向黃伯伯拜年。

　　金龍大酒家已有三十多年歷史，是黃伯伯一手創辦的。新年期間，喜氣洋洋，酒樓裏面貼了揮春，掛滿了彩色氣球。家家扶老攜幼來飲新年茶，氣氛很是熱鬧。「蝦餃、燒賣、叉燒包、腸粉……」的點心叫賣聲不絕於耳，就像在香港飲茶一樣。

　　我對爸爸說：「今天我不吃漢堡包了，要吃叉燒包！」

　　飲完茶，我們到酒家對面的孫中山先生銅像前鞠躬，瞻仰一番，才到附近的雜貨店採購「唐貨」。

　　哥哥問爸爸：「為什麼中國人又叫唐人？」

　　爸爸說：「唐朝的時候，中國是世界上最強盛和文化最先進的國家，因此外國人都稱中國人做唐人。」

　　我問爸爸：「羅省有多少唐人？」

　　媽媽說：「剛才黃伯伯說約有四五十萬人，相當於沙田新市鎮的人口！」

恭喜發財

早在兩個星期前，彼得信小姐便開始學寫中文字。她對着一本中文書，一筆一畫地用心模仿。她指着那些字問我像不像中文字。我看了又看，覺得那四個大字好像是「恭喜發財」。彼得信小姐高興地說：「對呀，我就是要寫 Kung Hey Fat Choy！」

原來中國新年快到了，彼得信小姐要教我們中國人怎樣過新年。接着的一個星期，我們十三號課室每天都做一樣和中國新年有關的活動。彼得信小姐給我們講十二生肖的故事。新的一年是羊年，而我和班上大部分小朋友都是鼠年出生的，大家覺得很有趣，便扮小老鼠吱吱地叫，引得彼得信小姐哈哈大笑。

我告訴小朋友我最喜歡新年收到紅包（利是），他們說也要討紅包。於是彼得信小姐給我們一些紅色手工紙，教我們做紅包，又給我們每人一枚五美仙硬幣，放入紅包裏。大除夕那天，爸爸從香港飛來和我們過農曆年。爸爸帶來了紅包，閃亮亮的香港五角硬幣，還有黃澄澄的巧克力金幣。爸爸準備了三十一封紅包，到學校派給我班上的小朋友。小朋友收到紅包都很興奮，並對着爸爸大聲說：

「Kung Hey Fat Choy！」

科幻故事篇

誰是麻煩鬼？

媽媽説我是天字第一號麻煩鬼。打從我在她的肚子裏開始，一直到現在，老是給她帶來大大小小的麻煩。

媽媽説：「你未生下來已讓我吃不好睡不好，誰知生下來更麻煩，老是不肯睡覺。人家的啤啤吃飽奶便大睡，睡飽了便大吃，胖胖白白的，多麼可愛！可是你呀……」

我聽不下去了，掩耳逃走。其實我媽媽才是麻煩鬼。她只有我這個寶貝兒子，卻又一天到晚嚕嚟我，總愛從我的胚胎時期開始數説我的麻煩史，一説便是十二年，真真受不了，尤其是她現在不再教書了，要全職管教我一個，你説麻煩不麻煩？

我知道媽媽是很辛苦的，否則她不會那麼瘦，她就是擔心我不知什麼時候會出亂子。學校的老師也不時向我媽媽投訴，説我是一個很麻煩的學生。媽媽覺得很丟臉，自己是老師，卻偏偏教不好自己的兒子。

不過，有時媽媽也會反過來安慰我説：「健健，我念過教育學和兒童心理學，知道每個孩子都不一樣，這叫做『個別差異』，你就是和別的孩子不一樣，所以才麻煩！」

對呀，我就是比較「差」和有點「怪異」，老是做一些別的孩子不會做的事情，想一些別的孩子不會想的問題，那才會給自己和人家帶來麻煩呀！

有一次上英文課時，大家正跟着 MISS 唸黑板上的生字：accident, accidental……咦，dental 不就是和牙齒有關的嗎？意外和牙齒有些什麼關係？説不定牙醫給你拔錯牙齒？説不定吃飯時你把牙齒吞進肚子裏？唔，毒販還會把毒品藏在挖空了的大金牙裏面呢……。

啪的一聲，我的筆盒不知怎的掉在地上，鉛筆、原子筆、膠擦、口香糖……全部撒在地上，八十二隻眼睛和二十五對眼鏡齊齊看着我。班長李小梅向我皺皺眉，翹翹嘴，肥仔明呲着牙扮鬼臉。

MISS 見怪不怪地説：「上課不專心，又在自找麻煩了！」我只覺臉紅耳熱。

又有一次，爸爸叫我燒水給他沖一杯咖啡。我把水壺注了一點水，放在爐頭上，擰開火，站在爐子前等水燒滾。我問媽媽怎樣才知道水滾，要不要用溫度計量水溫？

媽媽説：「大陣仗！水在壺裏先唱歌，然後壺嘴會生氣，那就是水滾了。」

我覺得很好笑，因為水滾像媽媽一樣情緒化，一會兒

高高興興地唱歌，一會兒又會生氣。我越想越覺有趣，便走進房間裏找錄音機。我要把水滾的聲音錄下來，放給我的死黨博士超聽，看他可猜到是什麼聲音。

我把衣櫥和抽屜全部打開，翻來覆去地找了又找，就是找不到錄音機。「我的咖啡呢？」爸爸不知什麼時候在房門口出現。

我拍拍腦袋，大叫不好。飛步奔到廚房，水壺不但生氣，而且出煙，像我爸爸一樣。媽媽沒好聲氣地説：「這個新水壺報銷了！你什麼時候才不會給我添麻煩？」

你看，我的麻煩就在於我好像很有腦，又好像完全沒有腦。一句話，我的腦袋失控了！

然後奇怪的事情便發生了。

先是家裏的冰箱無緣無故地被人打開。第一次發現冰箱門給人打開時，媽媽把它關上。第二次是爸爸發現，第三次是我發現，第四次是媽媽發現，第五次也是媽媽發現，第六次是爸爸發現，並且教訓我説：「小健，你為什麼老是忘記關好冰箱門？這樣不但耗電，而且會使冰箱裏面的食物變壞。」

啊，原來媽媽和爸爸一直以為是我忘記了關冰箱門。我告訴爸爸冰箱門不是我打開的，但是爸爸不相信，還加

一句説：「難道冰箱會自己打開門嗎？」我乖乖的不敢和爸爸頂嘴，但心裏想，冰箱也有「個別差異」呀！誰叫我們的冰箱比較「差」和有點「怪異」？

我很生氣，是生冰箱的氣，因為它的「差異」也算在我的賬裏。我氣沖沖地走進廚房，要找冰箱算賬。我才跨一隻腳進去，便呆住了。

「爸爸，爸爸，快來看，冰箱門又給打開了，一定是麻煩鬼作怪！」

爸爸從客廳走進廚房，手上還拿着他的報紙。媽媽出外去了，家裏就只有我們父子倆。

「小孩子不要亂講話，你才是麻煩鬼！一定是冰箱門壞了，我打電話找人來修理。」

爸爸打電話給樓下士多店隔鄰的電器店老闆何師傅，請他儘快來看看我們家的冰箱。在何師傅未來到之前，冰箱門自動打開過兩次。頭一次我和爸爸都站在廚房門口看着它「啪」的一聲自己打開來。爸爸索性搬一張椅子坐下來，守着冰箱計時，看它每隔多少分鐘自動打開一次。我等了九分鐘，站得不耐煩，便回到自己的房間看漫畫書。這時廚房傳來「啪」的一聲，接着是更大的「啪」一聲，準是爸爸生氣地把它關上。

等到何師傅來到我家時，媽媽已回來了。我們三人看着何師傅檢查冰箱的門。他把門開開關關許多次，又細心查看鑲在門邊緣的磁性密封邊，連門腳護板也拿出來看過。

「一切正常，完全沒有問題！」何師傅說。記得三年級時，媽媽曾經帶我到大學去見過一個教育學博士，她給我做一些智力測驗，最後她也是這樣對媽媽說。可是，媽媽仍然不放心，她現在又用同樣懷疑的目光看着何師傅。

「一切正常，完全沒有問題！」何師傅把檢查結果再說一遍，他這次只是看着爸爸，爸爸便只好乖乖地付他服務費了。

接着的兩天，冰箱門仍然會不時「啪」地一聲打開來。爸爸已停止計時，我已習以為常，只有媽媽鍥而不捨，我實在很佩服她這種尋根究底的精神。

媽媽打電話給冰箱的總代理商，請他們派人來修理。一位穿制服的小伙子來了，把冰箱看了又看，開了又關，關了又開，依然找不出毛病來。他搔搔頭說：「這種情形可從來沒有發生過！」

媽媽說：「這冰箱買了不到一年，可否換一個新的給我？」小伙子說要回去向上頭反映，才能作決定。

「你們不換不成啊，這冰箱每天在精神虐待我！」

三天之後，我家換了一個全新的冰箱。媽媽不禁鬆一口大氣。第一天平安無事，可是第二天新冰箱的門也會無緣無故自動打開。媽媽生氣極了，她在冰箱的門貼上包裹用的強力封條，這個方法生效了一個下午，等到她要準備晚飯時，她便不得不放棄了。

那幾天媽媽把她的全部時間和精力耗在馴服冰箱的麻煩鬼身上，便不管我了。她不嚕囌我，我也樂得輕鬆。如果真有麻煩鬼，我倒很歡迎這一隻。

一個星期後，是我的十三歲生日。這天剛好是星期天，媽媽説我可以請同學回家開生日派對，我只請了班上五位死黨來參加。這天從早上到下午二時派對開始之前，麻煩鬼都沒有把冰箱打開，我想它大概對鮮忌廉生日蛋糕不感興趣。

媽媽給我們準備了炸雞腿和水果沙律，還有三大瓶可樂，兩罐薯片。我把生日蛋糕小心地從冰箱拿出來，放在餐桌的中央，肥仔明和博士超幫忙把十三枝七彩小蠟燭插在蛋糕上，爸爸用打火機一一點亮了，歌王榮便帶頭領唱生日歌。

「祝你生辰快樂，祝你生辰快樂，祝你……」

砰！砰！砰！砰！砰！

我們張大了嘴巴卻唱不出聲音，眼睛也瞪得大大的。

那三瓶可樂和兩罐薯片的蓋子竟然自動打開，彈起落在地上。

阿 John 一向膽小，大叫道：「有鬼呀！」隨即雙手掩住嘴，很不好意思地說：「對不起，我亂講話。」

媽媽笑着說：「不打緊，我們家最近有隻麻煩鬼，專門打開冰箱門。」

肥仔明說：「這隻一定是像我一樣——貪吃鬼，想吃薯片和飲可樂。」我們給逗得笑起來。

第二天早上，我們起來時發覺廚房裏所有瓶子的蓋都給打開了，包括醬油、花生油、鹽、糖、生粉、醋、咖啡、茶葉、洗潔精⋯⋯媽媽看見了，真是啼笑皆非。

「唉，想不到現在又多了一隻搗蛋鬼！」

「媽媽，可不是我半夜起來幹的好事啊！」

媽媽白我一眼說：「你仍是麻煩鬼，最大的鬼！」

我一回到學校，同學們都投以好奇的目光，然後把我包圍起來，搶着問：「你家裏是不是有隻貪吃鬼？」

「不止貪吃鬼，又多了一隻搗蛋鬼！」我把今天早上的發現告訴他們，他們都不肯相信，說要到我家來親眼看

看。

「好呀，你們誰不怕的便放學來我家，如果搗蛋鬼出現，你們每人給我十元。」

等到放學的時候，大家都忘記了搗蛋鬼的事情，因為我們在上課時已搗蛋夠了，把 MISS 氣個半死，因此到了下午便筋疲力竭，不想搗蛋了。只有博士超走近我身旁，靜悄悄地對我説：「我很想研究一下你家的搗蛋鬼。」

「歡迎之至，最好你能夠做驅魔人！」

我們回到家裏，媽媽不在家，爸爸仍未下班。我和博士超巡視全屋，發覺沒有異樣，十分失望。博士超不想就此回家，他要留下來看一會兒才走。

我坐在書桌前做功課，博士超斜靠在我的枕頭上看書。突然書架上的書劈劈啪啪的一本接一本地跌下來，掉在地上。

「嘩，七級大地震！」博士超從牀上彈起來。

「見鬼，這裏是香港，不是三藩市！」

「對，有鬼，一定是搗蛋鬼！」

「你真相信有鬼嗎？」我問博士超，因為他看很多科學的書，立志要超過愛因斯坦。

「我沒見過鬼，很難説信或不信。」

這時，媽媽回來了。她的即時反應是：「撞鬼呀，為什麼書架上的書全掉在地上？」

「媽媽，果真是撞鬼呢！這並非我們做的好事呀！」我冷靜地說。

媽媽用她的大眼睛透過近視鏡片看進我的小眼睛，知道我說的是老實話，便不哼一聲走出房間去。

不久，我家鬧鬼的消息便不脛而走，左鄰右里全知道了。十八樓Ｃ座的黃太說：「我們家有時也會無緣無故東西像有腳一樣會走動。我的手錶明明放在牀頭櫃上，卻又會在客廳的電視機上出現。電飯煲明明蓋好了，轉頭又發覺它打開。我一向是失魂魚，而我的兒子又頑皮，我一直以為是他給我搗蛋，所以才沒有想到有鬼。」

黃太的兒子叫細Ｂ，其實也不小，年紀和我差不多，但比我念低一班，我念中二，他念中一。

「鬼？摩登時代，科學昌明，哪裏有鬼！我們還是不要疑神疑鬼好了。」媽媽仍然不信有鬼。我感到莫大安慰的是，她不再像以前那樣認定一切麻煩的事情都是我這麻煩鬼做的。

我念的是天主教學校。有一天，校長余神父對我說：「我聽同學說你家近來發生了一些怪事情，是不是同學編

造出來的？」

我把近個多月來家裏「鬧鬼」的事情告訴余神父，為了怕他以為我說謊，我補充說：「你若不相信，可以打電話給我媽媽求證。」

余神父拍拍我的肩膀，笑着說：「傻孩子，我不是不相信你，只是這種事情有時實在教人難以相信啊。」

就在這天下午，我們正在上數學課時，怪事便發生了。我一向很討厭數學，加上中午吃得太飽，根本無心聽陳 SIR 講解。當我在這半睡半醒的遊離狀態中，突然看到陳 SIR 右手拇指和食指夾着的粉筆飛離他的手指，向着打開的門飛出去，掉在走廊地上，斷了兩截，陳 SIR 怔了一下，走出課室外把兩截粉筆撿回來，定一定神，乾咳兩聲，若無其事地繼續講書。全班沒有一個同學比我看得更清楚的了，我登時精神起來，不再打瞌睡了。

我看着陳 SIR 放在教桌上那本吋多厚的數學書，猜想它可能也會不翼而飛啊！說時遲，那時快，陳 SIR 的數學書正在凌空升起，向着肥仔明的方向飛去。

「肥仔明，當心！」我不禁大叫起來。

啪噠一聲，兩磅重的數學書就在肥仔明的右肩斜滑下來。「真險過剃頭！」肥仔明嚇到面青口唇白。

全班同學不禁嘩然。陳 SIR 勃然大怒，問道：「是誰做的惡作劇？」

大家都低下頭來，不敢作聲。最後還是博士超大膽，他舉手問：「陳 SIR，會不會有鬼作怪？」

陳 SIR 説：「如果有鬼，一定是搗蛋鬼！」

全班哄然大笑，接着下課鐘響起來了，這件事便不了了之。

在放學回家的路上，博士超告訴我説：「我也親眼看到陳 SIR 的數學書從桌上升起來向着肥仔明飛過去。我正要大叫，你比我早了一秒！」

　　以後跟着的兩個星期，我們 2A 的班房不時都有類似的怪事發生。上中文課時朱慧慧的書包自動打開，裏面的 PE 衫和運動鞋自動走出來，嚇得 MISS HO 奪門而出。上 SCIENCE 課時，MRS LEE 看到字紙簍自動升起，把裏面的紙屑全部倒出來。MRS LEE 說科學家不輕易相信有鬼，可能是磁場受到干擾，引起物體產生超常的現象，她會想辦法給我們找出一個合理的解釋。最好笑是上地理課時，我們的地球儀在空中繞着電風扇轉了一個圈，才跌落在大衞黃的桌上。張 SIR 的解釋是可能有超音速飛機在高空飛過，使無線電波受到干擾。

　　我們初時很害怕「鬼」，久而久之，上課沒有「鬼」出現，那才悶呢。我們現在最怕的鬼是悶鬼。

　　有些家長聽到我們課室鬧鬼，便紛紛打電話給班主任和校長問個究竟。最後余神父選了一個下午來到我們課室唸經和灑聖水，家長們才稍微安心。奇怪的是，這些怪現象只發生在我們的課室裏。我和博士超都不相信有鬼，可是又沒有辦法證明這些怪現象發生的背後原因。

　　復活節假期的時候，學校不上課，課室一切正常。我們一家出門旅行一個星期，家中也一切正常，回來沒有發現被打開的瓶子，或是給打翻了的東西。我感到前所未有

的平靜，每天下課回家做好功課，便在房間裏看書，連電視也少看了。自從發生鬧鬼的事件，我便覺得世事無奇不有，而人類懂得的仍有限，我應該多讀書尋求知識，也許會在書中找到答案。

有一天晚上，博士超打電話給我，他壓低聲音，神秘地説：「喂，我知道這隻麻煩鬼是誰了！」

「是誰呀？大聲點，我聽不見！」我興奮地問。

「正是你本人呀！」

「你不要跟我開玩笑，我可沒有奇異功能啊！」

「你自己細心想想，這隻麻煩鬼只有你在場的時候才出現，我肯定一定與你有關！所以……」

就在這時候，距離我不遠的茶几隆然一聲翻倒了，好像有一雙隱形大手把它推倒一樣。

「喂，喂，是不是又有超自然現象發生？」博士超在電話線的另一頭大叫，要是電話能夠傳真，他便會看得一清二楚。

「對，你説得好，我仍不相信我家有鬼，但確實有超自然現象發生。不過，我也不相信我有能力使這等事發生！」

「你要不要過來我家和我爸爸談談，他一直把你當作

研究對象呢！」

　　我立即掛斷電話，趕到博士超的家裏，他的家離我家只有兩個街口，走路十五分鐘便到。

　　博士超的爸爸是真正的博士，他在大學裏教心理學。原來他一直把我當作這個個案的研究對象，指導兒子把所有在我家和學校發生的怪異事件一一記錄下來。

　　張伯伯說：「我在美國念研究院時曾經認識一位心靈學家，他告訴過我一件個案，情形與發生在你家的十分類似。主人翁是一個十四歲的男孩，年紀和你差不多，他還有一個十二歲的妹妹。心靈學家說這些怪異的事情往往發生在十三、四、五歲的少年人身上。」

　　「為什麼呢？」博士超和我不約而同地急着要知道答案。

　　「據他解釋說，這個年紀的少年人，往往給許多問題困擾着，情緒經常處於強烈緊張狀態，當情緒升高至某個程度時，身體便會產生一種震動，這種震動能使當事人在不自覺中把物體移動。這種由於思想作用而影響客觀事物的奇異能力，科學家稱為 psychokinesis。可是直到今天，仍然沒有人能夠證明它究竟是怎樣發生。」

　　「那麼，我豈不是很不正常？」我問張伯伯。

　　張伯伯說：「你是一個很正常的孩子，只不過你在不自覺中會做一些科學仍未能證明的事情。這種情況不會維持很久，等到你不再受到一些問題困擾時，這些所謂怪異的事件便不會再出現了。」

　　「真麻煩啊，原來我真是一隻麻煩鬼！不過，如果這種事情能夠發生在我這樣一個正常的十三歲孩子身上，一定也會發生在其他和我年紀差不多的孩子身上吧！」

　　「那麼，發生在學校的怪事，便可能不是一隻麻煩鬼所做出來的了。」博士超說。

　　「說得好！誰是麻煩鬼？我是！你也是！」我指着博士超，得意地說。

第一次見太陽

我一踏足地球，便大吃一驚，為什麼和爸爸告訴我的完全不一樣。四周全是一片焦土，一定是什麼時候發生過一場大火，把所有的東西都燒光了。

人跑到哪裏去了？這曾經是人住過的地方啊。爸爸說這個星球居住着具有高度智慧的人類，他們的科技水平比我們先進，還叫我好好地向他們學習呢。可是，現在這地球像死了一樣的靜，我只聽到我的靴子踩在沙礫上的聲音——噁嗦——噁嗦。

我把雙手放在嘴邊，合起來做成一個播音筒的形狀，向着遠處大叫：「喂——哈囉——哈囉——有沒有人啊？我是星際和平使者，專程來探訪貴星球啊！」

　　我這樣大叫，重複了一次又一次，收聽到的只是我自己聲音的迴響。我覺得很寂寞，也很失望，這次爸爸派我出來訪問各星球，每到一處，都受到熱烈的歡迎。儘管各星球人的外貌和語言不一樣，但我們總有不同的溝通儀器和方法。

　　難道地球人已經全部絕跡？為了解開這個謎，也為了完成爸爸委派我的任務，我一定要查個水落石出。

　　「啊，對了，水！只要找到水源，便會找到生物，我的智慧並不比地球人低吧！」我這樣自言自語。

　　我繼續在周圍探索，打開耳朵裏的微型測聽器，終於給我收聽到一種好像是水流的音波。我循着這個方向走去，在一塊生滿苔蘚的大石旁邊，發現一道微弱的水流，繞過大石，滲到地下去。就在這時侯，我的微型測聽器聽到地層下有走動的聲音。

　　「請問有人在下面嗎？」我把身體伏在地上，向着石縫隙大喊。

　　地下面立時沉寂起來，半點聲音也沒有了。是我嚇驚了他們嗎？

　　「請你們不要怕！我是星際和平使者，想請你們出來見個面。」

　　隔了許久，一個聲音這樣說：「我們不能出來地面，歡迎閣下到地下來。」

　　「請問你們的進出口在哪裏？」

　　聲音説：「我們從來沒有進出過，所以沒有這種設備，請你自己想辦法！」

　　沒有辦法，但又不好意思向爸爸求救，太丟臉了！我拉起頭上的一支通訊器，給媽媽發個 SOS。媽媽真偉大，一下子便覆我：「OS——OS」。

　　Open Sesame 芝麻開門！我真蠢，枉費媽媽給我講那麼多的地球人的故事，竟然不會活學活用。我忍不住重重地敲了自己的腦袋一下，給自己一個教訓，然後雙手用力把石頭移動，便露出一個洞口來。

　　洞口很窄，僅夠一個人的身子鑽進去。眼前一片黑墨墨，我摸索着前進，發覺這是一條地下隧道，開頭很狹窄，但是越行越闊，也越來越亮。

　　這地底下很寧靜，隱約聽到水流的聲音。走了不多遠，眼前出現一個地下湖，湖水很清澈，像一面綠色的鏡子，旁邊長滿一些像水草的東西，但是仍不見有地球人。

　　突然，一個響亮的聲音在我身後説：「站住！放下你的武器！」

「我沒有武器，我是星際和平使者，不會傷害你們
的。」

我轉過身子，十多個像我一樣年紀的孩子一字排開，
正在虎視眈眈地看着我，眼睛充滿好奇，但也帶着恐懼，
我想大概是因為我的樣子長得跟他們不一樣吧。我的頭顱
很大，裏面裝着我特大的腦子。我的眼睛也很大，可以看
得比較遠。但是我的鼻子很小，只是兩個小洞。

我笑着對這些孩子說：「我可以見見你們的父母嗎？」

「我們這裏的大人不管任何事情，一切由小孩作主。
我是這裏的領導人，歡迎你到地球來。」說話的是一個年
紀較大的女孩子，聲音充滿威嚴。

我對她行個禮，恭敬地說：「請問我應該怎樣稱呼
你？」

「我叫做太陽！」她昂起頭，驕傲地說。

我覺得很好笑，這地底根本沒有太陽，怪不得她可以
自稱為太陽了。「請問你見過太陽嗎？」

她呆住了，想了一下說：「我就是太陽！」

「我是說你見過真正的太陽嗎？」

「我是惟一的太陽，我不明白你說什麼！」她有點生
氣了。

「對不起，我是説你見過地底外面的太陽嗎？」

太陽收起她炙人的目光，臉色一沉，歎一口氣説：「不瞞你説，我們地底一族是不能走出地面去，在你所説的太陽底下生活的。」

「據我所知，你們地球人以前是住在地面上的呀！」

「那是很久很久以前的事情了。我們地底一族是地球核戰以後生還者的後代。核戰毀滅了地球的一切，包括地球人的文明，我們現在過的是最原始的生活。」

「為什麼你的名字叫太陽？」

「太陽是領導人的尊稱，被選為太陽的人負有一個神聖的任務。這任務是保護地底一族，領導族人走出地底，在地面重建家園。」太陽的眼睛閃耀着希望的光彩，彷彿看到美麗的新地球。

「太陽，你願意跟我到地面看看另一個太陽嗎？」

「太陽，你不能出去！我們沒有抵抗核子輻射的能力，你會死亡的。」我身旁的十多個小孩齊聲阻止説。

「我不怕死亡，讓我試一試。如果我能活着回來，你們便可以出去，我們重建地球的希望便可以實現了。」太陽的語氣很堅定。

我十分佩服太陽的勇氣。説實話，我也沒有絕對把握

地底一族是否仍然適宜生活在地面上，但我相信我有能力保護她。

我和太陽沿着隧道走到洞口。我握着她冰冷的手，感到她脈搏加速跳動，她一定很緊張、興奮和害怕。將要鑽出地洞口時，她閉起眼睛，她還不習慣太陽的強光。

地球核戰一定是發生在許多許多年以前，因為爸爸說我們已經和地球人斷絕通訊很久了，我相信核子輻射早已擴散消失，只是地底一族的人不知道罷了。

我第一個鑽出地洞，首先發個訊號給爸爸，告訴他我已經找到地球人，並且請他探測一下地球的大氣有沒有含有毒素，我不能要太陽冒着死亡的危險走出地洞。

爸爸給我的回覆是：「Sun ＋ Sun ＝ OK」。他的幽默感使我發出會心微笑。

我小心地把太陽從地洞領出來地面，她仍然緊閉着眼睛。「啊，很溫暖啊，真舒服！」太陽高興地説。我叫她慢慢睜開眼睛，先看地面，再慢慢抬起頭來。

太陽慢慢把眼睛睜開，她皺起眉頭，眼睛瞇成一條縫，首先看到腳上踏着的焦土和黑色的石塊，再慢慢抬起頭來，用右手放在額上擋着眼睛，向着天空的遠處望去。極目無垠的藍空，掛着一個光明耀眼的球體——那是供給地球光和熱的太陽。在太陽系裏，太陽是一顆不動的恆星，永遠掛在那裏。

地球人的太陽轉過臉來，嚴肅地對我説：「這感覺太美妙了。我終於看到我的族人許久沒有看到的太陽——真正的太陽！我請求你幫助我們重建美麗的地球。」

我緊握着太陽溫暖的手，充滿信心地説：「我請爸爸發動星際合作計劃，各星球人一定會幫助你們重建地球的。」

太陽臉上第一次展現出一個太陽式的笑容。

散文篇

木屐蹬蹬響

那天走過鬧哄哄的中環，順着人潮走上石板街，在車聲人聲中，我竟然聽到蹬蹬的木屐清脆地敲打在石板上。

我的童年是一首快樂的兒歌，伴和着木屐的蹬蹬。在那個悠然湮遠的年代，我們小孩都穿木屐。一幢幢顫危危的舊木樓，一道道黑幽幽的木樓梯，迴響着一雙雙木屐的蹬蹬又蹬蹬……

下雨天，我和小同學穿着木屐上學，踢踏着路邊小溪流般的溝渠水，一路嘻嘻哈哈的玩個不亦樂乎。回到校裏用手帕把雙腳擦乾，換上馮強製的白帆膠鞋，一本正經的坐直身子上課，老師便怎樣也想像不到我嬉水時的頑皮相了。

中環的大街小巷，曾經給數不清的木屐敲踏過。蹬蹬的是我那雙高踭窄腰的摩登木屐，噠噠的是弟弟那雙扁平的直板木屐。母親說有木屐穿的孩子便是幸福的兒童。她小時候在鄉下，冬天也是光着雙腳下田種菜和上山割草的，凍瘡生了一個又一個也照樣忍着痛到處跑。比起母親的童年，我們當然是幸福的兒童了。因此我特別珍惜我那雙小木屐，把它當作幸福生活象徵。我每次腳踏木屐時，便好

像踏着哪吒腳下那對風火輪，有説不出的神氣和憧憬。

回憶中，最溫馨的感覺是母親從市場回來，一手提着重甸甸的菜籃，一手挽着一串色彩繽紛的木屐，一邊喘着氣，一邊宣布説：「給你們買了新木屐啦，看看合不合腳？」我們一擁而上，圍着母親，吱吱喳喳地有如一窩搶着吃米的小雞。我分到的一雙可美極了，綠底紅邊，腳跟的地方綴上一簇小黃花和小白花。我捧在手裏，看了又看。快樂就是母親給我買了一雙美麗的新木屐，至於母親的快樂，就是看着女兒試穿經她精心挑選的新木屐了。

父親和母親吃過日本侵略者的苦頭，小時候我們是不買日本貨的。當日本膠拖鞋大行其道時，我們仍然穿木屐，直到港產塑膠拖鞋面世，我們才慢慢改穿不會蹬蹬響的膠拖鞋。過了十五歲生日，母親便不給我買木屐了。她説大閨女穿木屐響蹬蹬的不夠斯文，因此她另外給我和姐姐買軟底緞面繡花拖鞋。從此，我的一雙腳再沒有穿過木屐了，那就是説，我的童年一去不復返了。

現在，我的兒子足登其樂鞋和 Adidas，卻無緣穿木屐，只因我走遍大街小巷，也尋不到一雙買給他，讓他體會他母親木屐蹬蹬響的童年。

有誰可給我一雙木屐，讓我蹬蹬的走回我的童年？

不老的老師，
未完的神話

　　我第一次認識趙老師時是十歲，念小學四年級。他給我的第一個印象是：年青、高大、英俊、斯文、親切。他不當老師，大可當電影明星，可惜就因為他是我的老師，我對他的感覺仍是「怕」。

　　趙老師當我們的班主任，教我們中文、英文和數學。英文一直是我喜愛的科目，這是因為趙老師是一位很好的啟蒙老師。我們原本應該三年級學英文的，但學校聘請不到老師，便延遲了一年才開英文課。

　　為了補回失去了的一年時間，趙老師一開始便教我們四年級的課本，同時也教我們二十六個字母的讀和寫，箇中教與學的艱苦可想而知。

　　印象最深刻的是趙老師上英文課從來不說一句中文，而我們一樣可以聽得明白，學得津津有味。十年後，我自己從師範學院畢業出來，在中學也同時教中文和英文，我是惟一的雙語老師，每次上英文課時，不期然地以趙老師為榜樣，一種很溫暖的感覺湧上心頭。趙老師曾經很用心

地教導我，薪火傳承，我能不用心教我的學生嗎？

有一天放學時，趙老師要我跟他進教員室。他把一包美國教會送的救濟奶粉塞給我説：「你太瘦了，要多吃一點！」

我望着趙老師，他的目光帶着溫柔的憐愛，我心中載滿感激，眼睛潮濕了，但嘴巴竟説不出一句感激的話。

在以後教書的日子裏，我不自覺地受着趙老師的影響，默默地用心去關懷我的學生，尤其是家境貧寒，羞怯內向的孩子，我知道這些孩子如何渴望有一個關心他們的大人扶一把。

五年級結業時，我們聽到趙老師離校的消息，他要到英國深造去了。暑假的八月，我們一班同學到趙老師家裏給他送別。這天趙老師很開心，説話比平時多了，沒有在課室裏那麼一本正經，他笑起來露出的一顆兔仔牙，使他顯得很孩子氣，也就格外可觀。這是趙老師最不像老師的一次，但也是我最後看到趙老師的一次。

悠悠歲月，匆匆四十寒暑，回首童年往事，福元師留給我的是一段未完的神話。童年的老師，在幼小的心靈中，佔着神一樣的尊貴和崇高的位置，那是以後的老師所不能替代的。

　　如果有緣再見，我仍能認出福元師嗎？在我心中，他是永遠不老的，因為我無法想像今天老去的他。也許哪天我們再遇上，童年記憶中的未完神話才有一個結局吧！

賣魚的孩子

　　我正在圖書館的辦公室裏為一批新書編目，一個學生走進來叫我一聲。

　　我抬頭一看，是一位男同學。我不參與直接的教學工作，因此學校的六百多個學生當中，我只認識經常泡在圖書館裏的那幾個。

　　「你叫什麼名字？」我指指前面的椅子，示意他坐下來。

　　他遲疑了一下，把椅子拉開一點，一邊坐下來一邊說：「我叫彭志明。」

　　我看着彭志明，他並沒有看着我。他側着身子，別過臉，垂下頭，侷促不安地看着牆腳的一堆舊報紙。

　　「彭志明，找我有什麼事嗎？」

　　「Miss，我要退學。我已經還清了我借圖書館的書，麻煩你替我在這紙上簽名作個證明，好讓我交回校務處。」

　　他從膝上一個筆記本子裏抽出一張紙來，放在我的面前，又自顧自的垂下頭來，彷彿是看着桌面上那本打開的杜威十進分類法。

167

「念得好好的，為什麼不念下去呢？」我在紙上簽了名，好奇地順口問他。

「唉，我們窮等人家是念不起書的！」我原先以為他只是個特別害羞的男孩子，這句窮酸話倒教我認識到他強烈的自卑感。

「為什麼要這樣說呢？我們學校不是不收學費的嗎？你若有困難，也不妨說出來，我們一定想辦法幫你的。」

「Miss，我雖然不用交學費，可是還有其他開支呀！」他稍微抬起頭，可是目光游移不定，盡量避免和我正面接觸。

我仔細地端詳他。黝黑的臉上，眼耳口鼻配置得很好，他其實是一個長相不錯的男孩子，可惜缺少了一份男孩子應有的軒昂氣概，要是劉邦微時，像他一樣滿懷卑屈，就肯定不會有漢家天下了。

「我知道現在經濟情況不好，你父親不是最近失業吧？」

「家父是賣魚的，我們在黃大仙有一個檔口。」

「據我所知，一般賣魚的都賺到兩頓飯吃，你家還不至於要你輟學幫補家計吧？」

「唉，Miss，我們窮人的苦處，你哪裏會知道！」他

認定我和他是有階級之別的。

「你以為書中真有黃金屋，我這管書的便是億萬富豪嗎？」我不管他笑不笑，倒自己先笑起來。

「Miss，你真會說笑。」彭志明給我逗得輕鬆起來，瓦解了我們之間的隔閡。

「我小時候是司機的女兒。我像你這般年紀時，放棄了念大學的機會，為的是讓弟妹升讀中學。我是自願這樣做的。你現在不念下去，是自己決定的嗎？」我淡淡地道出我的出身，為的是要他知道今天的我來自昨天的我。

彭志明愣住了，他怔怔地看着我。他看着現在的我，想像我的過去，我則看着現在的他，想像他的將來。

「Miss，我是家裏的長子，底下還有三個弟妹。家母早於十年前去世。家父年紀大了，很想我幫他經營魚檔。我知道賣魚是沒有什麼出息的了，只是一心想幫輕父親的擔子。對於將來，我也不敢作非分之想了。」

這孩子的自卑感太重了，壓得他不敢抬起頭來做人。我的童年比他幸福，因為我有母親。母親是一個很有傲骨的女人，她從來不讓子女給別人看低，也不讓子女自己看低自己。母親教育我們做人不要低眉低眼，縮頭縮頸，一定要昂起頭來。今天看到這賣魚的孩子，才深深體會母親

的苦心。

　　「其實行行出狀元，賣魚也沒有什麼不好。不過，你不要老是低下頭來，看水中的游魚，你也得抬起頭來看空中的飛鳥啊！」

　　彭志明猛地抬起頭來，第一次看進我的眼睛裏。

火 種

十一月的一個星期三下午，我從沙田幾經周折的來到中環。在幾家書店轉了一圈，便匆匆的趕到置地廣場的噴水池。那已是三時五十分了，我遲到了五分鐘。

我約了一位素未謀面的蔡小姐在電車花店前面的噴水池會面。我在電話裏告訴她我高瘦、長髮、戴金邊眼鏡、穿黃啡小格子套裝褲。她在電話裏告訴我她不高不瘦、短髮、戴膠框眼鏡、穿藍色套裝裙。真有趣，我很久很久沒有這樣和一位陌生人約會了，心裏有一點好奇和興奮。

我繞着噴泉轉了一圈，仔細審閱每一位年輕的小姐，發覺沒有一位和我心目中的蔡小姐吻合，心裏慶幸自己沒有遲到，便心安理得的坐在電車花店前面的水池邊沿，好整以暇地欣賞眼前一片七彩繽紛的鮮花。

正想着假如我是一位約會蔡小姐的男士，我一定會買一束白底粉紅的康乃馨給她。猛抬頭，一位笑臉迎人的藍衣小姐正向着我走來。她中等身材，打扮時髦，帶着甜甜的笑容問我可是嚴太，隨即道歉説來遲了。

我們到樓上的茶座喝下午茶。我叫了咖啡，她叫了檸

檬茶，我們又各自要了客芝士餅，跟着便打開話題。雖是初次見面，我們倒也說話投機，一點也不拘謹。我們談的雖是公事，但間中也加插一兩個私人的問題，增加彼此的認識，所以一個鐘頭的光景，大家便熟落了不少。

五時正，我們把公事交待清楚。我提出要結賬離去時，她遞給我一張名片，以便日後聯絡。我翻過中文的一面，蔡麗珍三個字映入眼簾。不知怎的，我腦海中竟翻出一個九歲女孩的模樣：大眼、短髮、圓臉、白衫藍褲。我望着眼前的蔡小姐，不會是她吧，口裏卻吐出：

「你小學是在哪裏念的？」

「堡壘山官小。」蔡小姐回答時一臉的疑惑。

「一九六二年左右你可是在那裏念上午校四年級？」

「是呀！」蔡小姐的眼睛瞪得更圓，努力地搜索我的臉。

「啊！你可是那位教我們社會科的實習老師 Miss Ng ？」

「是的！就是我！」

「哎呀，怎麼會！」

我有親親眼前的蔡麗珍的衝動，彷彿她仍是一個九歲的可愛小女孩。

十八年前，當我第一次當實習教師時，一羣熱情、活潑聰明又勤奮的小四學生留給我一個難以磨滅的印象。他們讓我體驗到「得天下英才而作育之」的快樂，鼓舞我要當一個好老師。

我教社會科的中國歷史單元，準備了許多補充材料。我給他們講漢高祖斬白蛇起義的故事，他們聽得屏住了呼吸，四十五雙眼睛牢盯住我。有部分同學竟然懂得一邊聽講，一邊自己作筆記，然後在作業簿裏把補充材料也寫上去。他們每一個都聰明伶俐，活潑可愛，難得的是學習態度認真和積極。每每發問，四十多隻小手都高舉起來爭着作答。我每次踏進他們的課室，他們都興奮得難以形容，可是卻又能自動保持良好的秩序。

全班二十多個女同學當中，我只記得蔡麗珍，大概因為她長得矮小坐在最前排吧。

四個星期的實習太短了，這段日子是我教學生涯中一段美好的回憶。臨時依依，同學們紛紛送書簽和相片給我留念。印象中有一張是蔡麗珍的，至今仍舊貼在舊照片簿裏——短髮、大眼、圓臉——十八年後仍使我從塵封的記憶裏翻出來。

我和蔡麗珍走出置地廣場，中環下班的人潮四面八方

的向我們湧過來。一聲拜拜，我們各走各的方向。蔡麗珍的藍色身影漸漸淹沒在人潮中，我想起散處在茫茫人海中我教過的學生，在他們求知若渴的年代，我可有在他們的幼小心靈中撒下追尋知識的火種？

附錄：嚴吳嬋霞主要的兒童文學原創作品

出版時間	作品名稱	出版社
1987	大雨嘩啦啦	新雅文化事業有限公司
1991	小移民手記	新雅文化事業有限公司
1991	會哭的鱷魚	新雅文化事業有限公司
1992	第一次見太陽	獲益出版事業有限公司
1992	誰是麻煩鬼	獲益出版事業有限公司
1993	迷你童話	獲益出版事業有限公司
1994	迷你鬼話	獲益出版事業有限公司
1995	迷你怪話	獲益出版事業有限公司
1998	失蹤的媽媽	遼寧少年兒童出版社
1999	一隻減肥的豬	新雅文化事業有限公司
2000	十三號快樂教室	新雅文化事業有限公司
2001	奇異的種子	新雅文化事業有限公司
2001	念兒歌，學語文（第一、二輯）	新雅文化事業有限公司

2002	一個快樂的叉燒包	新雅文化事業有限公司
2002	念兒歌，學語文（第三、四輯）	新雅文化事業有限公司
2011	小動物大行動	香港特別行政區立法會
2011	Goor friends greed acts	Lengislative goneil of the HongKong SAR

獲獎作品：

- 《姓鄧的樹》：榮獲 1986 年陳伯吹「兒童文學園丁獎」之「優秀作品」獎。

- 《會哭的鯉魚》：榮獲 1992 年「冰心兒童圖書獎」。

- 《大雨嘩啦啦》：榮獲 2001 年教育委員會推薦讀物、香港八十年代最佳兒童故事獎，獲選 2002 年最受學生歡迎初小組十本好書。

- 《一隻減肥的豬》：榮獲 2001 年「冰心兒童圖書獎」。

- 《十三號快樂教室》：獲選 2002 年最受歡迎初小組十本好書。

- 《奇異的種子》：榮獲香港八十年代最佳兒童故事獎、2002 年「冰心兒童圖書獎」，獲選 2002 年最受學生歡迎初小組十本好書。

- 《親子共讀系列》（6 冊）：榮獲 2002 年「冰心兒童圖書獎」。